먼저 사과할 수 없어

조금 이른 사춘기 8 교우 관계

먼저 사과할 수 없어

초판 1쇄 인쇄 2024년 10월 22일
초판 1쇄 발행 2024년 11월 10일

지은이 양곤성
그린이 최선혜
펴낸이 나힘찬

기획총괄 김리하
디자인총괄 둥글레
인쇄총괄 야진북스
유통총괄 북패스

펴낸곳 풀빛미디어
등록 1998년 1월 12일 제2021-000055호
주소 (10411) 경기도 고양시 일산동구 정발산로 166번길 21-9
전화 031-903-0210
팩스 02-6455-2026
이메일 sightman@naver.com

유튜브 | bit.ly/39lmTLT
엑스 | x.com/pulbit_media
블로그 | blog.naver.com/pulbitme
인스타그램 | @pulbit_media_books
페이스북 | facebook.com/pulbitmedia

ISBN 978-89-6734-201-2 74800

어린이제품 안전특별법에 의한 기타표시사항
제품명 도서 | **제조자명** 풀빛미디어 | **제조국명** 한국 | **제조년월** 2024년 11월 | **사용연령** 8세 이상
주소 (10411) 경기도 고양시 일산동구 정발산로 166번길 21-9 | **전화번호** (031) 903-0210

조금 이른 사춘기
교우 관계
8

먼저 사과할 수 없어!

양곤성 글 | 최선혜 그림

작가의 글

이 책을 읽는 어린이에게

친한 친구와 사이가 멀어져 본 적 있나요?

친구와 한 번도 다투지 않았던 사람은 없을 거예요. 누구나 친구와 싸우고, 친구 때문에 속상하고, 친구의 얼굴도 보기 싫은 경험을 합니다. 그런데 진짜 고민스러운 일은 다툼 뒤에 찾아옵니다.

'이제 어떻게 해야 하지?'

시간이 지나면 화도 누그러지고, '그때는 내가 너무 심했어.'라는 생각이 들기도 해요. 그래서 친구에게 다시 말을 걸고 싶지만 어떻게 할지 방법을 몰라 막막합니다. 먼저 말 걸기가 창피하고, 자존심도 상해요. 친구가 먼저 와서 말 걸어 주길 기다리지만 친구도 꿈쩍하지 않습니다. 그렇게 시간이 지날수록 더 어색해져요. 친구와의 다툼 뒤에 어떻게 행동해야 할지 고민하는 친구를 위해 이 책을 쓰게 됐어요.

이 책의 주인공 효주도 여러분과 똑같은 상황에 처해 있어요. 아주 사소한 일로 시작된 다툼 때문에 효주는 혼자가 되었답니다. 상상하기 싫을 정도로 너무 괴로운 상황이지요. 효주는 이 상황을 극복하려고 여러 가지 방법을 생각해 냅니다. 효주가 어떤 방법을 생각하고 실천하는지 지켜봐 주세요. 효주를 따라가다 보면 친구와 다툰 뒤 고민하는 내 모습이 겹쳐 보일 거예요. 효주의 경험을 통해 친구와 나 사이의 문제도 해결할 힌트를 찾지 않을까요?

아직도 친구와 화해하지 못한 친구라면, 친구 관계가 어려운 친구라면 이 책을 꼭 한번 읽어 주세요. 이 책으로 여러분의 친구 관계가 더 즐거워진다면 저도 더할 나위 없이 기쁠 거예요. 여러분의 행복한 친구 관계를 응원할게요!

양곤성

목차

SeCreat

보내지 말았어야 할 카톡

교실에는 다양한 아이가 있다. 공부를 잘하는 아이, 운동을 잘하는 아이, 웃긴 아이, 잘난 척하는 아이, 눈치가 없는 아이. 그렇다면 이 중에서 가장 불쌍한 건 누구일까? 답은 이 중에 없다. 가장 불쌍한 건 혼자 지내는 아이이기 때문이다. 모둠을 짜야 할 때도 혼자고, 화장실 갈 때도 혼자고, 쉬는 시간에도 혼자 앉아 있는 아이. 이것만큼 슬픈 일은 없다는 걸 나는 잘 안다. 내가 교실에서 혼자인 아이이기 때문이다. 그러나 내가 처음부터 혼자였던 것은 아니다. 모든 것은 그날의 카톡에서 시작되었다.

"엄마, 나 피곤해."

"그래? 그럼 수학 숙제 빨리 끝내고 쉬자."

"응, 근데 좀 졸리다."

"그래? 요즘 너무 늦게 잤나 봐. 오늘 밤은 10시 전에 자자."

"……."

엄마 입에서 '오늘은 여기까지 하자.'라는 대답은 끝내 나오지 않았다. 짜증이 난다. 연필을 쥔 손에 힘이 들어갔다. 글씨가 날뛰었다.

"효주야, 숫자를 예쁘게 써야지. 그래야 계산 실수를 안 해."

난 지우개를 들고 삐뚤어진 숫자들을 박박 지웠다. 직, 문제집이 반쯤 찢어졌다.

"효주야, 화났어?"

"화 안 났어."

"그런데 왜 그래?"

"그냥 깨끗이 지우다 보니 그런 거야."

"입이 삐쭉 나와 있구먼."

"아니라니까."

대답과는 반대로 지우개를 더 꽉 쥐고, 더 세게 문질렀다. 찍! 한 페이지가 통째로 떨어져 나갔다. 그 순간 엄마의 표정이 싸늘하게 변했다.

"효주야, 엄마가 보기에는 너 공부하기 싫어 짜증 내는데?"

"아니야."

"엄마가 매번 말하지? 하고 싶은 말이 있으면 확실히 말하라고. 그래야 엄마가 네가 원하는 걸 들어주든지 얘기를 하든지 할 것 아냐."

차마 엄마의 눈을 마주치지 못하고 고개를 숙였다.

"이번만 엄마가 참는다. 엄마는 거실에 있을 테니까 문제집 세 장 마저 풀고 나와서 검사받아!"

쾅, 문이 닫히며 엄마가 내 방을 나갔다. 방문이 닫히자 난 지우개를 던져 버리고 침대에 벌렁 누웠다. 정말 국어도 아니고 수학 문제집 세 장이라니. 평소의 두 배가 넘는 양이다. 졸린데 수학 풀기 싫은 게 당연하지. 바보가 아닌 이상 눈치를 채야 한다.

"참나, 공부하기 싫다고 꼭 내 입으로 말을 해야 아나?"

내가 힌트를 얼마나 줬는데. 피곤하고 졸리다고. 이 정도 눈치를 줬으면 엄마는 '오늘은 그만하자.'라고 대답해야 하는 거다. 그러면 나도 좋고 엄마도 좋고 모두가 행복해진다. 세상 사람들은 모두 바보이다. 이렇게 쉬운 내 마음을 왜 몰라줄까? 나랑 평생 같이 산 엄마도 마찬가지다. 엄마는 이런 내 마음도 몰라주고 꼭 내가 나쁜 딸이 되기를 바라는 것 같다.

위이잉.

한창 화내는 중에 스마트폰이 울렸다. 스마트폰의 '쪼꼬송이'란 글자가 내 짜증을 확 날려 버렸다. 5학년 들어 사귄 나의 베스트 프렌드, 송이였다. 전학 와서 외톨이로 지내던 나를 구원해 준 은인이다. 입꼬리를 올리며 나는 통화 버튼을 눌렀다.

"송이야, 웬일이야?"

"효주야, 우리 이번 주 토요일에 영화 보러 갈까?"

"와! 진짜? 너무 좋지. 우리 영화 보고 햄버거도 사 먹자."

"그러자. 그런데…… 우리 한 명 더 데리고 가면 어때?"

"한 명? 누구?"

"혜나."

'혜나? 갑자기 혜나라니?'

나는 말문이 막혔다. 너무 의외의 말에 정신이 멍해졌다.

혜나는 우리 반 친구다. 5학년이 된 지 석 달이 지났지만 난 혜나의 목소리를 모른다. 거기에는 이유가 있다. 새 학기 첫날 선생님이 우리 모두에게 자기소개를 시켰다. 자기 이름과 좋아하는 것을 하나씩 말하는 간단한 소개였다.

"이제 조혜나 차례네. 혜나 일어나 말해 볼까?"

"……."

자리에서 일어났지만 혜나의 입은 열리지 않았다.

"혜나야, 부담 갖지 말고 '저는 조혜나예요.' 말하고 혜나가 좋아하는 것 하나만 이야기하면 돼."

당황한 선생님은 어떻게 발표할지 세세하게 알려 주셨다.

"……."

침묵이 이어졌고 혜나 얼굴은 빨개져 갔다. 짝의 숨소리가 들릴 만큼 교실이 조용해졌다. 이런 어색함…… 참기 힘들다.

"하하, 혜나가 5학년 첫날이라 많이 긴장했나 보네. 혜나는 다음에 하자. 앉아도 돼요."

물론 다음은 없었다. 선생님은 자기 이름조차 말 못 하는 혜나를 포기한 것이다. 혜나가 나쁜 아이라는 건 아니다. 굳이 나누자면 정말 착한 아이에 속한다. 공부도 잘하고. 하지만 내가 친해지고 싶은 부류의 아이는 아니다. 그리고 이제 막 친해진 송이와 나 사이에 다른 아이가 끼는 게 싫었다.

"……그런데 혜나가 싫어하지 않을까? 갑자기 어색할 것 같은데."

"아냐, 재미있을 거야."

"혜나가 불편해할 것 같은데."

"그런가?"

'이 정도 말했으면 눈치채 줘! 나 혜나랑 가기 싫어.'

마음속으로 애원했다.

"송이야, 혜나가 워낙 소심한 아이잖아. 그런데 갑자기 같이 놀자 그러면 혜나가 당황할 것 같아서."

"혜나가 소심해도 알고 보면 되게 괜찮은 아이야. 우리 레오도 소개해 주자."

괜찮은 아이? 언제 송이랑 혜나가 그렇게 가까워진 거지? 그리고 레오를 소개해 준다고? 내 비밀, 아니 우리 둘만의 비밀 레오를?

"송이야, 나 피곤해. 그만 잘래."

"응? 갑자기? 무슨 일 있어?"

"아냐, 피곤해서 그래. 나 토요일은 같이 못 놀 것 같아. 그만 끊는다."

"어? 효주야, 효주……."

띠링. 나는 거칠게 종료 버튼을 눌렀다. 혜나에게 레오를 보여 주자니. 어떻게 그런 소리를 할 수 있지? 도대체 송이는 무슨 생각인 걸까? 그때 끔찍한 생각이 머릿속을 스쳐 지나갔다.

'이상했어. 예쁘고, 인기도 많은 송이가 전학 온 나와 단짝이 되다니. 송이는 원래 친구도 많았잖아. 그럼 혹시…… 송이는 불쌍한 아이를 골라 돕는 건가? 전학 온 내가 외로워 보여서 친구 해 준 건가? 그래서 소심이 혜나에게도 도움의 손길을 뻗는 건가?'

생각이 꼬리에 꼬리를 물었다. 멈출 수가 없었다.

'그래, 나를 좋아했던 게 아니라 내가 불쌍해서 놀아 준 거였어!'

내 두 손은 머리를 박박 긁고 있었다. 나 자신이 너무 비참했다.

위잉. 전화기가 울렸다. 송이였지만 난 받을 수 없었다.

띠링. 계속되던 진동이 멈추자 이제 카톡이 울렸다.

효주야, 왜 그래?

무슨 일 있어?

너 화났니?

당연하지. 그걸 내 입으로 말해야 아나? 내 입으로 혜나랑 놀기 싫다는 말도, 내가 불쌍해서 놀아 줬냐는 질문도 할 수

효주야, 왜 그래?

무슨 일 있어?

너 화났니?

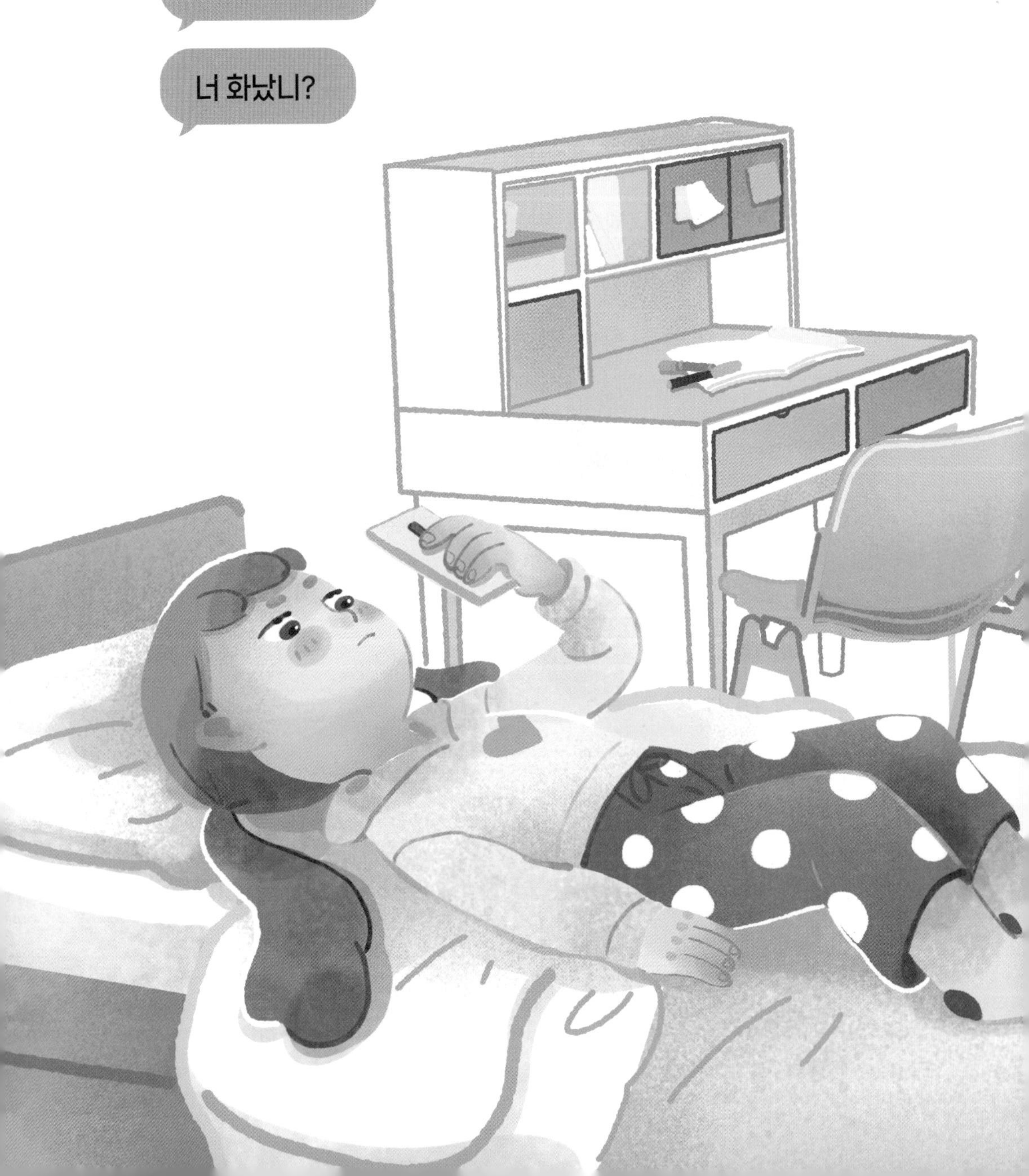

없었다. 그러기엔 너무 자존심이 상했다. 하지만 이대로 답장하지 않으면 내가 삐진 게 되어 버린다. 쪼잔해 보이기는 싫다. 삐지지 않은 것처럼 보이면서 은근히 화난 티가 나는 답장이 필요했다. 한참을 고민하다 전송 버튼을 눌렀다. 송이가 바보가 아니라면 내가 화난 걸 눈치채겠지?

나 화 안 났어. 피곤해. 카톡 그만 보내.

엄마 때문에 짜증 나지 않았다면 보내지 않았을 메시지. 난 이 카톡을 보내지 말았어야 했다.

난 혼자다

그 뒤로 송이에게 계속 연락이 왔지만 난 받지 않았다. 어느 순간부터 송이도 더는 연락하지 않았다. 나는 그대로 침대에 누워 꼼짝하지 않았다. 속상하고, 화가 나고, 그리고 슬펐다.

'내가 불쌍해서 친한 척해 주는 거였어? 난 널 진심으로 좋아했는데.'

"효주야, 너 어디 아프니?"

저녁 내내 방에서 나오지 않는 나를 보고 걱정이 되었는지 엄마가 물었다.

"몰라, 말 시키지 마."

말할 기분이 아니었다.

"하나밖에 없는 우리 딸이 아프다고! 어디 어디?"

평소에는 귀찮던 아빠의 호들갑이 지금은 위로가 된다. 난 우리 집 외동딸이다. 난 형제가 없는 것이 좋다. 이런 내가 어릴 적에는 형제를 만들어 달라고 조르기도 했었다.

"엄마 아빠, 나 언니 만들어 줘. 언니 가지고 싶어."

절대 동생은 싫었다. 동생이 있는 친구를 보면 아이스크림도 양보해야 하고, 장난감도 같이 써야 한다. 무엇보다 동생이 엄마 아빠의 관심을 뺏어 가는 것이 싫었다. 얄미운 동생 말고 날 업어 주고, 간식도 사 주고, 재미있게 놀아 줄 언니가 있었으면 싶었다. 지금 생각하면 웃긴 얘기지만.

"아이고, 우리 효주만 사랑해 주기도 모자라."

언니를 조를 때마다 엄마 아빠는 이렇게 대답했다. 난 이 대답을 썩 마음에 들어 했던 것 같다. 이 말을 들으려고 몇 번이고 언니 만들어 달라고 졸랐으니까, 안 되는 줄 알면서도. 엄마 아빠에게는 내가 1순위이다. 내가 원하면 대부분 들어주신다. '전학'과 '고양이'만 빼고. 전학은 아빠 직장 때문에 어쩔 수 없었고, 고양이는 엄마의 고양이 털 알레르기 때문에 실패했다. 그것 말고는 내 부탁이면 언제든지 오케이 하는 부모님이다. 그래, 그런 엄마 아빠니까 지금부터 작전 시작이다. 작전명은 '불쌍한 우리 딸!'.

"엄마 아빠, 나 머리도 아프고 기운이 없어."

내 짜증 꽉 찼던 목소리가 순식간에 바람 빠진 풍선같이 변했다.

"우리 딸이 아프다고? 열 재야지. 아니 빨리 병원 가야지!"

아빠가 소리를 질렀다. 딸바보 우리 아빠에게 내가 아픈 건 중대 사건이다.

"아이고, 어쩌나. 이미 늦어서 병원은 다 닫았는데."

"어쩌긴 종합병원 응급실로 가면 되지."

응급실? 종합병원? 엄마의 말에 난 덜컥 겁이 났다. 그렇게 일이 커지면 안 되는데.

"그 정도는 아니야, 엄마. 그냥 내일 아침 일찍 병원 가면 될 것 같아."

"그래? 그럼 학교는?"

"지금 학교가 중요해? 우리 딸이 아프다는데. 내일 학교 쉬면 되지."

"그래도……."

"됐어. 내일 학교는 쉽시다."

"하, 그래 그렇게 해요."

엄마는 마음에 안 들어 했지만 결국 아빠에게 항복했다. 역시 우리 아빠.

"고마워, 엄마 아빠. 근데 나 힘들어. 쉬고 싶어."

엄마 아빠가 조용히 문을 닫고 나가자 난 주먹을 질끈 쥐었다. '불쌍한 우리 딸' 작전은 대성공이었다. 내일이 금요일이니 내일만 쉬면 주말이다. 금, 토, 일, 3일간 송이를 안 볼 수 있다. 만약 내일 당장 송이와 마주치면 화를 참을 수 없을 것 같다. 송이가 사과한다고 해도 마찬가지다. 그러나 사흘이면 내 마음도 진정되지 않을까? 월요일에는 송이의 사과도 받아줄 수 있지 않을까? 그런 생각이 들자 나는 고개를 힘껏 저었다.

'아니야, 이러면 이미 내가 용서한 것 같잖아. 난 지금 너무 화나 있어. 세 번은 사과받아야 해. 아니지. 송이가 열 번은 사과해야 받아 줄 거야!'

"다녀올게요."

"그래. 차 조심하고, 선생님 말씀 잘 들어."

월요일 아침. 나흘 만의 등굣길이었다. 평소 같으면 송이와 함께였겠지만, 오늘은 혼자였다. 오늘따라 유독 두세 명씩 짝

을 지어 등교하는 학생이 많이 보였다. 그 학생들을 보며 난 혼잣말을 중얼거렸다.

"그래, 너그럽게. 딱 두 번, 두 번만 사과하면 못 이기는 척하고 받아주자."

주말 동안 내 마음은 눈에 띄게 누그러졌다. 3일 내내 송이를 생각하며 깨달았기 때문이다. 난 송이를 많이 좋아한다. 송이는 내게 정말 특별한 친구이다. 4학년 12월에 언남 초등학교로 전학을 온 나는 반강제적인 외톨이었다. 어디 가서도 쉽게 기죽지 않는 나였지만 전학은 너무 높은 벽이었다. 처음 보는 아이들로 세운 커다란 벽. 이미 꽉 짜인 벽에 내가 파고들 틈이란 없었다. 4학년 마지막 한 달 동안 나는 투명 인간처럼 지냈다. 쭈그러진 채 맞이한 5학년. '외톨이 벗어나기'는 나의 커다란 숙제였다. 이 숙제는 새 학년 되고 1주일이 지나도록 풀릴 기미가 안 보였다. 난 여전히 혼자였고 갈수록 애가 탔다. 1년 내내 혼자 지낼 것 같아 무서웠다. 그 순간 나타나 내 숙제를 풀어 준 사람이 송이다.

"어, 효주야 이 그림 '냐냐옹' 그린 거지?"

"어?"

"이거 '나는 집사다'라는 웹툰에 나온 고양이잖아."

내 그림 실력은 형편없다. 웹툰의 귀여운 냐냐옹과 내 그림의 닮은 점은 다리 네 개에 꼬리가 있다는 점뿐이다. 사실 내 그림을 고양이라고 봐 준 것 자체가 신기하다. 송이가 어떻게 알아봤는지 아직도 의문이다.

"어, 맞아."

"냐냐옹 진짜 귀엽지 않니? 나도 고양이 키우고 싶다."

"송이 너도 고양이 좋아해?"

"어! 진짜 좋아해!"

내가 조금만 참을성이 없었으면 너무 신나 그 자리에서 방방 뛰었을지도 모른다.

"효주야, 우리 8시 20분에 편의점 앞에서 만나는 거다."

"응, 당연하지."

그날 이후 우리는 등교할 때도 하교할 때도 함께였다. 더운 날이면 편의점에서 아이스크림을 사 먹고, 배고픈 날에는 떡볶이를 같이 나눠 먹었다.

알면 알수록 송이는 괜찮은 아이였다. 어깨까지 내려오는 긴 생머리에 새하얀 피부, 무엇보다 웃으면 눈이 반달이 되는 예쁜 아이였다. 친절하고 성격도 밝아 다들 송이와 친해지고 싶어 했다. 게다가 고양이에 푹 빠져 있다는 점이 나와 딱 맞았다.

날짜도 정확히 기억난다. 송이가 먼저 말을 걸어 준 3월 8일. 그날부터 나의 학교생활은 하루하루가 축제 같았다. 송이는 나에게 정말 특별한 존재이다. 이런 송이에게 계속 삐져 있는 것은 불가능했다.

3일을 쉬고 들어선 교실은 무언가 낯설었다. 처음엔 내 자리도 찾을 수 없었다.

"송이 왔네. 너 없는 사이에 자리가 바뀌었어. 네 자리는 저기 4분단 중간이야."

선생님이 새 자리를 알려 주셨다. 아, 이런 임승찬이다. 삐딱한 남자애 딱 질색인데…….

"안녕."

"이응이응."

"교실이 카톡방이냐?"

"노노."

"나 참, 그건 그렇고 송이는 어디 앉았어?"

승찬이는 눈길도 돌리지 않고 교실 뒤쪽을 손가락질했다. 전에는 송이와 앞뒤로 앉아 좋았었는데 지금은 멀리 떨어지게 되었다. 아쉬웠다. 송이 자리는 비어 있었다. 아직 등교 전인 모양이다.

'송이가 날 보면 달려오겠지? 아, 어떤 표정을 지어야 하나?'

떨리는 마음으로 앞문을 흘끗흘끗 바라보았다. 너무 티 나지는 않게.

'앗, 송이다.'

송이가 환한 얼굴로 나를 향해 손을 흔든다.

나는 올라가는 입꼬리를 꾹 참고 최대한 무관심한 표정을 지었다.

송이가 나에게 다가온다.

'이제 사과하겠지? 뭐라고 대답해 줄까?'

고민하던 찰나 송이가 내 앞에 도착했다. 나와 송이의 눈이 마주쳤다. 그런데 이상했다. 눈이 마주치자마자 송이는 고개를 쌩 돌려 버렸다. 그리고 앞으로 더 걸어갔다. 송이가 날 그냥 지나친 것이다.

'무슨 일이지?'

송이가 교실에 오자마자 내게 달려와 사과하고, 난 짜증을 몇 번 내고 마지못해 사과를 받아 준다. 이것이 내 계획이었다. 그런데 상황이 이상하게 흘러갔다. 그때였다. 내 뒤쪽에서 송이 목소리가 들렸다.

"우리 화장실 같이 가자"

'아, 이제 사과하려고 하는구나.'

나는 가슴을 쓸어내리며 아주 천천히 고개를 뒤로 돌렸다. 새침한 표정으로 대답…….

"그래, 송이야."

'어? 난 아직 대답 안 했는데?'

내 목소리가 아니다. 송이에게 대답한 것은 내 뒤편에 앉은 혜나였다. 맙소사! 송이는 혜나한테 말을 건 것이다. 내가 대답이라도 했으면 어떻게 됐을까. 얼굴이 화끈 달아올랐다. 그러나 부끄러움은 잠시였다. 내 얼굴은 싸늘하게 식었다. 날 뒤에 두고 송이와 혜나가 손을 잡고 화장실로 가고 있었다. 내 몸에 흐르는 피가 차가워지는 게 느껴진다. 이런 느낌은 처음이었다.

내 기다림은 온종일 계속되었다.

"자, 2교시는 영어실로 이동합니다. 늦었으니 줄 서지 말고 얼른 출발해요."

담임선생님이 말씀하셨다.

"정아야, 우리 화장실 들렀다 가자."

"승찬아, 얼른 챙겨."

친구들이 두, 세 명씩 영어책을 들고 뛰어나간다.

하지만 난 자리에 앉아 평소라면 들려올 목소리를 기다린다. 지금 송이는 영어책을 들고 자리에서 일어서고 있다. 두근두근 심장이 뛰었다. 이 순간이 슬로모션처럼 보였다. 송이가 내 쪽으로 고개를 돌린다. 그리고 입술이 열린다.

"가자, 혜나야!"

기다리던 목소리에는 두 글자가 바뀌어 있었다.

"응!"

내 뒤쪽에 앉아 있던 혜나가 달려 나갔다. 송이를 향해…….

"효주야! 뭐해? 늦었다니까. 빨리 가야지."

선생님 목소리에 슬로모션이 풀렸다. 주위를 둘러보니 아무도 없었다.

넓은 교실에 남은 건 나 혼자였다.

계속될 것 같았던 나와 송이의 축제는 이렇게 끝났다.

비밀 친구 레오

이날 송이와 혜나는 화장실도, 교과실도, 급식실도 온종일 함께 다녔다. 마치 나 보란 듯이 두 손을 꼭 잡은 채.

"안녕히 계세요."

"내일 보자, 얘들아."

어떻게 6교시가 지났는지 기억나지 않는다. 어쨌든 선생님이 내일 보자고 하셨으니 끝난 게 분명하다. 4학년 때 투명 인간이 되어 본 뒤로 난 다시는 혼자 있는 아이가 되지 않을 거라 다짐했다. 그런데 이제는 인정할 수밖에 없다. 난 다시 외톨이다. 모둠을 짜야 할 때도 혼자, 화장실 갈 때도 혼자, 쉬는 시간에도 혼자 가만히 앉아 있는 아이. 당장 학교를 뛰쳐나가고 싶다. 하지만 그럴 수 없다.

“효주 봐. 송이한테 버림받더니 도망간다, 큭큭.”

뛰는 순간 아이들이 이렇게 날 비웃을 것이다. 겁이 났다. 뛰는 듯 안 보이게 그렇지만 최대한 빠른 걸음으로 학교를 빠져나왔다. 아무와도 눈을 마주치지 않았다. 땅만 보고 걸었다. 얼마나 걸었을까? 고개를 들고 주위를 살펴보았다. 주변에 우리 학교 아이들은 보이지 않았다. 아니, 아무도 보이지 않았다.

“휴.”

나는 깊은 한숨을 몰아쉬었다. 살 것 같다. 하지만 가슴 한편은 여전히 답답하다. 앞으로 어떻게 해야 할까? 머리가 아프다. 쉴 곳이 필요했다. 내 발길은 자연스럽게 난향 근린공원으로 향한다. 공원으로 들어가자 중앙의 가장 큰길 옆에 놀이터가 보인다. 다행히 유치원생 몇 명만 그네를 타고 있다. 초등학생은 없다. 놀이터를 끼고 오른쪽으로 열다섯 걸음을 걷는다. 열넷도 열여섯도 아닌 꼭 열다섯 걸음. 그곳에서 주변에 아무도 없는 것을 확인한다. ‘잔디를 밟지 마시오.’가 적힌 표지판을 무시하고 길을 벗어나 잔디를 가로지른다. 그리고 또 스무 걸음 앞으로. 공원 구석 덤불 앞에 서서 다시 주변을 둘러봤다.

누가 없는지 확인한 뒤 난 최대한 조그마한 목소리로 소곤댔다.

"레오야."

건너편 덤불을 손으로 헤치며 다시 한번 불러보았다.

"레오야, 어딨니?"

"냐아옹."

"우리 레오. 여기 있었네. 언니 왔어."

동전같이 똥그란 눈, 뾰족 솟은 귀, 하이라이트는 '돼지 얼굴에 있어야 할 게 왜 여기 붙어 있지?' 궁금하게 만드는 들창코. 못생긴 고양이 레오였다. 갸웃, 고개를 기울이며 레오는 동그란 눈으로 나를 빤히 쳐다본다. 가까이 다가오지는 않았지만 그렇다고 도망가지도 않는다. 엄마가 그랬다. 고양이는 도망가지만 않아도 그 사람을 굉장히 좋아하는 거라고 말이다.

"레오야, 언니가 너무 오랜만에 왔지? 여기 레오 간식."

나는 우리 집 냉장고에서 가져온 멸치를 바닥에 놓았다. 그리고 레오가 안심하고 먹게 한 걸음 더 물러났다. 레오는 귀여운 눈으로 여전히 빤히 쳐다볼 뿐 다가오진 않았다.

'어쩔 수 없지.'

나는 뒤로 두 걸음 더 물러났다. 더 멀어지면 레오 얼굴이 잘 안 보인다. 더는 양보할 수 없는 거리이다. 아! 다행히 레오가 슬그머니 다가온다. 흘끗 나를 쳐다보더니 멸치를 물었다. 작은 입을 오물오물. 레오가 멸치를 먹는다. 매번 이 순간은 최고다.

"우리 레오 잘 먹네."

레오 입을 보며 어느새 난 웃고 있다. 기분이 조금 나아졌다.

"레오야, 언니랑 레오랑 똑같다. 언니도 오늘 혼자가 됐거든.

이제 레오 만나러 혼자 와야 해."

레오가 고개를 들어 나를 쳐다본다. 신기하다.

"너도 놀랐지? 송이 언니가 날 떠났어. 언니 어떡하지, 레오야?"

레오는 내 마음을 아는 듯 고개를 갸웃거린다.

레오는 길고양이이다. 처음부터 길고양이는 아니었다. 올해 겨울비 내리는 날 레오를 처음 만났다. 난향 근린공원을 지나 집에 가는 길이었다. 어떤 여자아이가 쇼핑백을 안은 채 서 있었다. 덩치 큰 아저씨가 그 애를 야단치고 있었다.

"너 빨리 안 놔? 얼른 놓고 이리로 오라고!"

초등학교 1, 2학년쯤 되어 보이는 아이는 한참 동안 우물쭈물하다가 들고 있던 쇼핑백을 바닥에 놓았다. 그리고 아저씨를 뒤따라갔다. 그런데 그 쇼핑백이 꿈틀거렸다. 뭐지? 쇼핑백이 어떻게 움직이지? 나는 궁금증을 참지 못하고 다가갔다. 뭐가 있을지 몰라 발을 쭉 뻗어 발끝으로 쇼핑백을 벌렸다. 그게 나와 레오의 첫 만남이었다. 쇼핑백 안에 조그마한 새끼 고양이가 큰 눈으로 말했다.

'여기가 어디예요?'

깜짝 놀란 나는 아저씨를 쫓아갔다. 아저씨와 아이는 저만치

앞서가고 있었다.

"아저씨!"

아저씨가 뒤돌았다.

"나?"

"저……."

급한 마음에 달려왔지만, 막상 아저씨를 보니 말이 나오지 않았다. 아저씨는 거대했다. 우리 아빠보다도 두 배는 커 보였다.

'나 맞는 거 아냐?'

아저씨가 나를 번쩍 한 손으로 들고 수풀로 던지는 상상을 했다. 피구 공처럼 슝~ 날아가겠지? 머리를 저으며 홀로 남겨진 새끼 고양이를 떠올렸다. 남은 용기를 짜내 입을 열었다.

"아저씨. 저기…… 저 고양이……."

용기가 모자랐나 보다. 말이 안 이어진다.

"우리가 두고 온 고양이 말하는 거니?"

응? 의외로 부드러운 목소리였다. 용기가 났다.

"네, 아저씨. 그 고양이 죽으면 어떡해요. 지금 겨울인데……."

"고양이가 걱정되어 온 거니? 그런데 저 고양이는 애초에 우리 집에서 키우던 고양이가 아냐. 우리 아이가 이 공원에서 주워 온 고양이야. 처음부터 길고양이였으니 잘 살아갈 거야. 그리고 우리 집은 전세라서 고양이를 키울 형편이 안 돼. 그래서 도로 놓아주러 왔단다."

"아…… 네."

뭐라 대꾸할 수 없었다. 전세가 뭔지 모르기 때문이다. 세금인가? 아무튼 무슨 깊은 사정이 있나 보다. 난 더는 할 말이 없었다. 여자애는 아빠한테 끌려가면서 뒤를 돌아보았다. 그 표정이 무척 슬퍼 보였다. 나는 고양이가 있던 곳으로 돌아갔다. 어? 쇼핑백은 비어 있었다. 어쩔 수 없이 난 집으로 돌아왔다.

그날 저녁 난 잠을 이룰 수 없었다. 동전같이 커다란 눈이 계속 생각났다. 결국 다음날 나는 집에 있는 참치 통조림을 들고 공원으로 향했다. 쇼핑백이 있던 근처를 헤집고 다녔다. 30분쯤 헤맸을까?

"야옹."

덤불 근처에서 고양이 소리가 들렸다. 난 고양이가 겁먹지 않도록 소리가 난 근처에 참치 통조림을 내려놓았다. 똑, 참치 통조림을 따고 몇 걸음 물러났다. 그때 고양이가 덤불에서 나왔다. 냄새를 맡았나 보다. 다가온 고양이는 참치 통조림 주변을 몇 번 돌다 참치를 먹기 시작했다.

"아직 아기인데. 어떡하냐……."

참치를 먹는 모습이 너무 귀여웠다. 넓적한 얼굴, 뚱뚱한 몸, 한껏 뒤집힌 코. 다른 고양이들은 공주님처럼 도도하게 생겼는데 얘는 흰 돼지처럼 복스럽게 생겼다. 가만 보니 털 색깔도 군

데군데 까만색으로 얼룩덜룩했다. 까만 부분은 마치 불에 탄 것 같은 모양이었다. 돼지를 닮은 고양이가 참치를 오물거리는 모습을 보니 웃음이 나왔다. 가슴이 간질간질했다.

"사실 나도 막 예쁘진 않아. 어렸을 땐 내가 세상에서 제일 예쁜 줄 알았는데 나보다 예쁜 애가 많더라고. 뭐 어때? 덜 예뻐도 상관없어. 넌 언니가 예뻐해 줄 거니까."

지니 스토어

레오와 만난 뒤 나는 시간이 날 때마다 레오를 보러 간다. 특히 기운 없을 때 레오를 보면 '얘는 나 없으면 안 돼.'라는 생각에 힘이 솟는다. 그런데 오늘은 레오 파워가 신통치 않다. 오히려 더 기운이 빠지는 것 같기도? 이유는 뻔하다.

"레오야 어떡하지? 에이…… 어떡하긴 어떡해? 송이 말고 다른 친구 사귀면 되지. 그렇지, 레오야?"

말은 이렇게 했지만 나와 송이, 레오는 떼려야 뗄 수 없는 사이이다. 레오를 처음 소개해 준 날 송이는 뛸 듯이 기뻐했다.

"와, 얘가 효주 네가 말한 고양이야? 진짜, 정말, 최고, 짱 귀였다."

"그렇지? 얘는 내가 주는 밥만 먹는다?"

"진짜?"

"그럼. 얘가 날 얼마나 좋아하는데. 우리 엄마가 그러는 데 고양이는 맛난 거 줘도 주는 사람이 싫으면 도망간대."

"와! 부럽다, 효주야."

"그런데 이 고양이가 송이 너도 좋아하는 것 같아."

"정말? 왜?"

"너 보고도 도망 안 가잖아. 네가 예쁘니까 좋아하나 봐."

"내가 예쁘긴 하지, 하하. 그런데 그게 아니라 효주 너랑 같이 있으니까 안심하는 거 같은데? 네 덕분에 이렇게 가까이서 고양이도 보고 진짜 좋다. 얘는 뭐 좋아해? 다음엔 내가 준비해 올게."

"진짜?"

"응, 꼭 내가 준비하게 해 줘. 내가 직접 줄래. 그건 그렇고 계속 이 고양이, 저 고양이로 부를 거야?"

"응? 그게 어때서?"

"이름을 지어야지. 얘가 우리가 부르면 알아차리고 바로 달려 나오게. 그래야 나쁜 사람과 우리를 구별하지."

"아, 그렇네."

"효주 넌 어떤 이름이면 좋겠어?"

"음, 고양이니까 꼬양이?"

"패스. 너무 뻔해."

"음, 그럼 냥이, 냐냐 어때?"

"하하하, 그게 뭐야. 너무 성의 없잖아."

"그럼 돼냥이 어때? 완전히 돼지코잖아."

"야, 넌 평생 돼지라고 불리면 좋겠냐?"

"아, 인정. 음…… 잘 모르겠어. 그냥 송이 네가 지어 주면 안 돼?"

"대박!"

"왜?"

"진짜 내가 이름 지어도 된다고?"

"응, 그럼. 내가 제일 좋아하는 네가 지어 줘."

"와, 넌 정말 최고의 친구야, 효주야. 알았어. 후회하지 않게 해 줄게. 음…… 뭐가 있을까."

송이는 고양이를 뚫어지게 바라봤다.

"고양이 털 색깔이 하얀색이랑 까만색이 섞였으니까…… 그래, 그거다! 오레오 어때? 성은 오, 이름은 레오."

"어! 그거 딱 맞는데. 너무 귀엽다. 송이야, 대단하다."

"오케이, 너도 찬성한 거다. 그럼 앞으로 네 이름은 레오로 결정. 땅땅땅 알겠지, 레오야?"

레오라는 이름은 송이의 센스로 만들어졌다. 우리는 하굣길에 매일같이 레오를 찾았다. 송이는 레오를 정말 좋아했다. 나는 송이와 둘만의 비밀이 생긴 것 같아 정말 행복했다. 그런데 혜나에게 레오를 소개해 주자니. 생각만 해도 싫다. 하지만 지금은 배신감을 느낄 틈이 없다. 송이는 떠났고 난 혼자가 되었다. 앞으로 송이와 함께 레오를 돌볼 수 없는 건가? 쓸쓸했다.

"이건 아니야. 이대로 송이를 뺏길 수 없어. 되찾겠어. 그래, 다시 송이랑 친해질 거야."

그렇다면 문제는 송이가 나를 어떻게 돌아보게 하는가였다. 내가 먼저 말을 걸어야 하나? 그건 싫다. 사과하기는 더 싫다.

"아휴 어떡하냐고!"

갑작스레 커진 내 목소리에 레오가 고개를 들었다.

"아, 레오 놀랐니?"

레오가 나를 빤히 쳐다보았다. 마치 내 말을 알아들은 것처럼. 그리고 갑자기 몸을 돌렸다.

"레오야, 벌써 가려고? 아직 참치 남았는데?"

레오가 고개를 돌려 나를 보았다. 다시 눈이 마주쳤다. 레오는 고개를 흔들며 앞을 가리켰다.

"따라오라고?"

거짓말 같지만 난 분명히 느꼈다. 레오는 나를 부르고 있다. 나는 덤불로 들어가는 레오의 뒤를 따랐다. 레오는 덤불을 헤치고 공원 밖으로 나갔다. 공원 밖을 나온 레오의 속도가 빨라졌다. 길을 걷다가 골목으로 꺾어 들어가 어느새 담 위를 타고 있었다. 그래도 난 뒤쳐지지 않았다. 신기하게도 레오와 난 딱 열 걸음쯤 거리를 유지했다. 레오가 나를 배려하는 듯했다. 가끔 내가 잘 따라오는지 뒤돌아보기도 했다.

"앗, 죄송합니다."

사람들이 빼곡한 먹자골목 사거리에 접어들었다. 어른들에게 막히고 때론 부딪히기도 했다. 사람들을 헤치고 아파트 단지 옆 샛길로 접어들었다. 다행히 한가한 길이었다. 그때 레오의 속력이 빨라졌다.

"어? 레오야!"

지니스토어

나도 뒤따라 뛰었다. 레오의 뒷모습이 점점 멀어졌다. 놓치면 안 되는데. 저 멀리 레오가 삼거리에서 오른쪽으로 방향을 트는 모습이 보였다.

"헉헉."

레오가 사라진 골목길에 들어서자 레오가 나를 기다리고 있었다. 멀찍이 떨어져 나를 확인한 레오는 하얀색 간판의 가게로 들어갔다.

"지니 스토어? 우리 동네에 이런 가게가 있었나?"

하얀색 간판에는 검은색으로 '지니 스토어'라는 글씨와 램프 그림이 그려져 있었다. 나도 레오를 따라 그 가게의 문을 열었다.

"안녕하세요. 지니 스토어에 오신 것을 환영합니다."

한 남자가 밝게 웃으며 나를 맞았다.

"혹시 여기 고양이 한 마리 들어오지 않았나요? 얼굴이 납작하고 코가 돼지코처럼 생겼어요. 털은 검은색, 흰색이 섞였고요."

"혹시 레오를 말하는 건가요?"

"네, 맞아…… 어! 지금 레오라고 했어요?"

지니스토

진이 오빠와 한 약속

“어떻게 레오를 알아요?”

내 눈이 이렇게 커질 수 있는지 몰랐다.

“하하하. 레오랑 나는 아주 오래된 사이인걸요. 레오가 하늘을 날아다닐 때부터. 이효주 학생 맞죠?”

“어, 어떻게 제 이름을?”

아기 고양이 레오랑 오래된 사이? 레오가 하늘을 난다고? 그런데 내 이름을 알고 있어? 정신을 차릴 수 없었다.

“이게 말로만 듣던 몰래카메라? 아니면 제 스마트폰 해킹한 거 맞죠?”

"하하하, 듣던 대로 효주는 재밌네요. 우리 가게에서 스마트폰을 팔기는 하지만 해킹은 하지 않아요."

"그럼 도대체 어떻게 아세요?"

"당연히 레오가 설명해 줘서 알죠."

"레오가 설명했다고요? 레오는 고양이인데 어떻게 대화를 해요?"

"그건…… 아, 그전에 우선 여기 앉아서 물 한 잔 마시는 게 어때요? 지금 무척 힘들어 보여요. 땀도 흘리고 있고."

그건 그랬다. 목이 몹시 말랐다. 그 사람은 나에게 의자를 권하고, 물을 건넸다. 그제야 이 오빠의 모습을 자세히 보았다.

머리카락 색깔이 보라색이었다. 특이한 모양의 보라색 니트에 청바지. 5월에 웬 니트? 덥지도 않나? 보라색 머리카락 한 가닥이 높게 솟구쳐 있었다. 무슨 아이돌 코스프레인가? 그리고 무쌍의 큰 눈, 웃을 때 생기는 코의 주름이 귀여웠다. 중학생 아니 고등학생인가? 청소년 같은데 어떻게 보면 되게 어려 보이는 신비스러운 얼굴이었다. 장난기 가득한 얼굴이 귀엽게 보였다.

얼굴이 내 스타일인데 딱 하나 마음에 안 드는 게 있다. 오른쪽 귀에 금색 귀걸이. 오빠는 날라리인가 보다.

난 모범생이 좋은데.

“소개가 늦었네. 난 진이. 넌 언남 초등학교 5학년 이효주 맞지? 내가 나이가 많은데 편하게 말해도 될까?”

이미 편하게 하고 있다. 고개를 저으면 분위기 이상해질까 봐 그냥 끄떡였다.

“레오는 얼마 전에 사귄 친구야. 마음이 잘 맞아 절친이 됐지. 그런데 레오가 효주를 얼마나 자랑하던지. 착한 언니라고. 만나면 잘해 주라고 약속도 받았어. 질투가 날 정도로 칭찬하더라. 그런데 레오가 걱정하던데. 송이랑 싸웠다며?”

“그쪽이…… 진짜 레오 친구라고요?”

“근데 그쪽은 좀 그렇다. 오빠라고 불러.”

오빠는 오그라드는데, 분위기상 고개를 다시 한번 끄떡였다.

“오빠가 레오 친구라고요?”

송이랑 싸운 건 아무에게도 얘기한 적 없다. 엄마 아빠도 모른다. 오직 레오에게만 이야기했다.

“그런데 송이와는 어떻게 된 일이야? 자세히 좀 얘기해 줄래?”

“응, 그게…….”

레오의 친구여서였을까? 진이 오빠의 표정이 날 진심으로 걱정해 주는 것 같아서였을까? 난 송이와 있었던 일을 모두 털어놓았다.

"그랬구나. 얼마나 힘들었을까."

진이 오빠는 처음부터 끝까지 진지하게 들어 주었다. 엄마 아빠한테도 털어놓기 부끄러운 일인데 웬일인지 편하게 말할 수 있었다.

신기한 기분이었다. 조금 속이 시원해졌다.

"잘 알겠어, 효주야. 그럼 넌 다시 송이랑 친해지고 싶은 거, 맞지?"

"네, 진심으로요."

"그럼 말해 봐."

"네?"

"너의 소원을 말해 보라고, 진심을 다해."

장난기 가득한 진이 오빠의 얼굴이 진지해졌다. 웃음기는 사라졌고 눈동자가 빨갛게 불타오르는 것 같았다. 너무 진지해서 조금 무서운 기분도 들었다. 진이 오빠의 진지함에 나도 모르게 차렷 자세로 대답했다.

"내 소원은 송이랑 다시 친해지고 싶은 거예요."

"효주의 소원이 접수됐습니다!"

빰빠바밤.

진이 오빠의 목소리와 함께 팡파르 소리가 들렸다. 어디지? 스피커에서 나는 소리인가?

"그럼 효주를 어떻게 도와줄까? 음, 이 상황에 양탄자 필요 없을 거고, 미다스의 손? 이건 아니고. 음. 그래! 우리 가게에 너한테 딱 맞는 상품이 있다. 스마트폰 잠깐 줘 볼래?"

"스마트폰이요?"

"응, 우리 가게는 없는 게 없어. 스마트폰 앱도 다루거든."

주변을 둘러보니 진이 오빠의 가게 안에는 정말 없는 게 없었다. 예쁜 옷, 머리띠, 머리끈 같은 액세서리가 먼저 눈에 띄었다. 그 옆에는 안경, 연필, 손목시계, 공책 등이 종류별로 하얀 진열장 위에 줄지어 있었다. 심지어 구석에는 골동품들도 보였다. 도자기, 양탄자, 램프인가? 램프는 실제로 처음 보았다. 그리고 한쪽 구석 진열장 안에는 스마트폰이 전시되어 있었다. 거짓말이 아닌 듯했다. 정말 스마트폰을 파는 가게이다.

진이 오빠는 스마트폰이 전시된 진열장 옆 커다란 컴퓨터에 내 스마트폰을 연결했다.

20분쯤 컴퓨터와 씨름하던 진이 오빠가 스마트폰을 나에게 건넸다.

"아휴, 힘들어. 겨우 마쳤다. 효주야, 여기 스마트폰에 생긴 파란 하트 아이콘을 눌러 봐."

버튼을 눌렀다. 화면에 '당신은 누구신가요?'라는 말과 함께 입력 칸이 떠올랐다. 뭐지 피싱인가? 난 고개를 들어 진이 오빠를 쳐다봤다. 진이 오빠는 해맑게 웃고 있었다. 에라 모르겠다. 난 얼빠인가 보다. 이름과 생일을 입력했다. 다음 버튼을 누르자 '상대방의 이름을 입력해 주세요.'라는 말이 나왔다.

"상대방이요?"

"상대방에는 한송이라고 입력해."

"송이? 내 친구 송이요?"

"응, 맞아."

나는 '한송이'라고 입력하고 다음 버튼을 눌렀다.

지금 한송이의 호감도를 체크합니다.

기다려 주세요.

파란 하트가 심장이 뛰듯 커졌다 작아졌다 커졌다 작아지고 있었다. 하트가 파란색으로 채워지며 10%…… 40%…… 50%…… 숫자가 올라갔다. 100%가 됐을 때 '띠링' 하고 벨이 울렸다.

"진이 오빠. 그런데 왜 하트가 다 파란색이야?"

"내가 원래 파란색 마니아거든. 다 됐네. 그럼 마지막 확인 버튼을 눌러 볼래?"

난 버튼을 눌렀다.

한송이의 호감도는 -40점입니다. 효주에게 화가 나 있어요.

"이게 뭐야?"

"짜잔! 소개합니다! 이건 지니 스토어에서 야심 차게 개발한 앱 '심콩달콩'이야. 심장이 콩닥콩닥. 줄여서 심! 콩!"

순간 진이 오빠가 환해졌다. 뒤에 조명이 비추는 것 같았다. 착각이겠지?

"그럼 달콩은요?"

"달콩은 그냥 라임이 맞잖아. 심콩달콩."

역시.

"여기에 이름을 입력하면 그 사람이 효주 너를 얼마나 좋아하는지 알려 줘. 그 사람이 널 완벽히 사랑한다면 100점, 네가 꼴도 보기 싫다면 -100점으로 표시될 거야. 보통 100점은 잘 안 나오지만. 그런데 -40점이면 송이 꽤 화나 있네. 어때? 심콩달콩 멋지지?"

"이게 진짜라고요?"

"물론. 지니 스토어 제품의 품질은 내가 보증할게. 이거면 지금 네게 도움이 되겠어?"

"도움 되죠. 그런데 이거 얼마예요? 저 지금 돈 없는데."

"음, 얼마냐 하면……."

진이 오빠가 계산기를 꺼내 두드렸다.

"이거 진짜 귀한 앱인데…… 음…… 오케이. 결정했어. 효주에게는 공짜!"

"네? 정말 그래도 돼요?"

"응, 레오가 신신당부했거든. 효주 잘 챙기라고. 단, 조건이 있어 첫째, 심콩달콩 앱을 남에게 이야기하면 안 돼. 아직 출시 안 된 비밀 앱이거든. 이 앱을 남에게 밝히는 순간 앱은 멈출 거야. 너만 알고 너만 쓰게 설정해 놨거든. 둘째, 아직 시험 제품인 체험판이야. 딱 1주일만 작동할 거야. 그 뒤에는 작동 안 해. 셋째, 1주일 뒤 앱 사용 소감을 알려 줘. 어떤 점이 좋았는지, 어떤 걸 고쳐야 할지. 그리고 마지막. 이 조건이 제일 중요해."

"뭔데요?"

"소원을 꼭 이루는 거야."

"네?"

"내가 도와주는 대신 넌 네 소원에 최선을 다하는 거지. 하다가 그만두면 안 돼. 노력했는데 그렇게 됐어요. 그런 말도 금지. 넌 정말 송이랑 다시 친해지기 위해 끝까지 최선을 다한다고 약속할 수 있니? 만약 약속을 못 지키면 난 앱 대여비, 무엇보다 내 시간을 낭비한 값을……."

"네, 최선을 다할 거예요. 그리고 제 소원을 이룰 거예요."

난 진이 오빠의 말을 막고 외쳤다. 진이 오빠가 씩 웃었다.

"계약 성립. 자 악수."

진이 오빠가 손을 내밀었다. 난 그 손을 힘껏 쥐었다.

"그럼 심콩달콩은 네 거야. 음…… 지금 몇 시지? 5시이네. 그럼 1주일 뒤 오후 5시에 내가 너를 찾아갈게."

"날 찾아온다고요? 그때 내가 어디 있을 줄 알고요? 제가 이 가게를 찾아올게요."

"하하하."

진이 오빠는 배꼽을 잡고 웃었다.

"이렇게 웃은 건 간만이네. 네가 다시 이 가게로 온다고? 그건 어려울 거야. 오늘 온 것만 해도 기적이거든. 걱정하지 마. 네가 어디 있든 내가 찾아낼 테니까."

믿지 못할 말이었지만 이상하게 믿음이 갔다.

"네, 그럴게요. 1주일 뒤에 꼭 소원을 이뤄서 만나요."

"오, 믿음직해. 그럼 이 옆문으로 나가면 돼. 나가면 바로 공원이 나올 거야."

"이 가게가 공원이랑 붙어 있었어요? 그런데 왜 난 처음 보지?"

"우리 가게는 특별한 사람에게만 보이는 가게거든."

진이 오빠가 씩 웃었다.

"그럼 다음에 보자. 걱정하지 마, 효주야. 다 잘될 거야."

진이 오빠의 말에 마음이 편안해지는 것 같았다. 오빠가 알려 준 문으로 나오니 진짜 건너편에 공원이 보였다. 난 그대로 집으로 향했다. 집에 돌아오니 저녁이 다 되어 가고 있었다. 내 머릿속은 앱 생각뿐이었다.

'나를 얼마나 좋아하는지 알려 주는 앱이라니. 그런 게 어딨어? 내가 속은 거겠지? 밑져야 본전인데 한 번 더 해 보자. 누가 나를 제일 좋아하지?'

난 조금도 머뭇거리지 않고 '이호상'을 적었다. 유명한 딸바보 우리 아빠의 이름이다. 아빠는 볼 것도 없이 90점 이상이다. 아마 100점이 나올지도 모른다.

지금 이호상의 호감도를 체크합니다.

기다려 주세요.

띠링!

"뭐야? -10점? 이호상은 효주에게 서운해요? 말도 안 돼. 아빠가 날 얼마나 좋아하는데?"

정신 차리자, 효주야. 호감도를 알려 주는 앱이라니. 그런 게 있을 리가 없다. 그냥 무작위로 아무 점수가 나오는 거다. 역시 그럼 그렇지. 그때 엄마가 부르는 목소리가 들렸다.

"효주야, 나와 저녁 먹으렴."

"응, 엄마. 오늘 저녁 뭐야?"

"오늘 저녁은 김치찌개."

"와, 맛있겠다. 어? 그런데 오늘은 아빠랑 같이 안 먹어?"

"응, 오늘 아빠 늦게 오신대. 그리고 효주야, 너 빨리 밥 먹고 숙제해라."

"숙제? 수학 숙제? 나 어제 다 했는데?"

"그거 말고. 너 정말 까먹었구나. 지난 주말 아빠 생일파티 할 때 아빠 엄청나게 서운해했잖아. 매년 써 주던 편지를 왜 이번에 안 줘서 아빠를 삐지게 하니, 정말."

"일이 좀 있어서 정신이 없었어. 근데 잠깐. 아빠가 삐졌다고?"

생각해 보니 요즘 아빠가 예전 같지 않았다. 날 껴안지도 뽀뽀하려고 하지도 않는다. 덕분에 편했지만 분명히 평소의 아빠와는 달랐다.

"그래, 오늘 아침에도 '이제 딸이 다 컸나 봐. 아빠는 신경도 안 쓰네.' 그러고 출근했어. 삐졌으면 너한테 화를 내야지. 너한테는 티도 안 내고 엄마한테만 서운한 티 팍팍 내. 빨리 밥 먹고 편지 써. 편지에 아빠 좋아해요, 사랑해요, 하트. 하트 가득 채워서. 알았지? 왜 대답이 없어? 효주야, 듣고 있니?"

이럴 수가! 심콩달콩, 진짜였어!

심콩달콩 프로젝트

“역시 우리 딸 사랑해!”

아빠에게 하트로 가득한 편지를 전달하자 아빠는 나를 번쩍 들어 공중에서 두 번 돌려 주었다. 난 아빠의 볼에 뽀뽀하며 말했다.

“아빠 사랑해. 근데 나 숙제 있어.”

서운해하는 아빠를 뒤로한 채 급히 방으로 들어왔다. 심콩달콩 앱을 켜고 아빠의 이름을 입력했다.

“91점.”

심콩달콩 앱은 진짜였다. 엄마 이름도 입력했다. 엄마는 83

점. 역시 우리 집 딸바보는 아빠다. 앱의 성능을 확인한 나는 어떻게 앱을 이용할지 고민했다. 이걸 이용해 어떻게 송이랑 친해질 수 있을까. 고민은 밤새 계속되었다.

아침이 밝았다. 비록 잠은 설쳤지만 보람은 있었다. 멋진 계획이 완성되었기 때문이다. 이름하여 '심콩달콩 프로젝트!' 내용은 다음과 같다.

심콩달콩 프로젝트

① 송이에게 매력적으로 보여 호감도를 높인다.

② 심콩달콩 앱으로 송이에 대한 호감도를 확인한다.

③ 호감도 50 이상으로 높이고 송이 근처를 맴돈다.

④ 나에게 반한 송이가 반성하고 사과한다.

⑤ 사과받아주고 다시 친해진다. 혜나는 빼고 우리 둘만.

완벽한 계획이다. -40점인 상태인 송이에게 말을 걸어 봐야

기분만 나빠질 것이다. 우선 호감도를 높인다면? 다시 친해지는 건 식은 죽 먹기일 것이다. 이 계획의 특별한 점은 내가 송이에게 말을 걸지 않아도 먼저 송이가 다가오게 한다는 점이다. 이 멋진 계획을 자랑할 곳이 없다는 것이 정말 아쉽다. 그렇다면 남은 숙제는 하나. 어떻게 하면 송이가 날 매력적으로 볼까? 먼저 엄마에게 도움을 구했다.

"엄마, 송이는 어떤 아이를 좋아할까?"

"송이? 당연히 자기한테 잘해 주는 아이를 좋아하겠지."

"에이, 그건 당연하지. 하나 마나 한 얘기 말고."

"그런가? 그런데 그건 왜 물어? 송이랑 싸웠니?"

뜨끔했다. 역시 눈치 100단은 무섭다.

"아니야, 싸우긴."

"그럼 왜 물어?"

"그냥. 더 친해지고 싶어서."

"그래? 이상한데."

다행히 더는 캐묻지 않았다. 하지만 엄마의 대답은 아무 도움도 안 됐다. 송이와 떨어지기 전이라면 모를까 지금 송이에서 다가가지도 못하는데 어떻게 잘해 주나? 더 묻고 싶었지만, 송이와 멀어진 걸 들킬 것 같았다. 어쩔 수 없이 혼자 생각해야 했다.

등굣길 내내 송이에게 잘 보일 방법을 고민했지만 뾰족한 방법은 떠오르지 않았다. 그래도 한 가지는 확실했다.

'기죽지 말자! 움츠러들면 불쌍하게 보일 거고, 불쌍하게 보이면 끝이야.'

"안녕하세요!"

선생님께 큰 목소리로 인사했다. 주눅 든 모습을 보이면 안 된다. 아무렇지 않은 척하려면 더 당당하게 굴어야 한다.

"안녕, 효주야. 오늘따라 더 씩씩한데?"

선생님이 반갑게 맞이해 주셨다. 시작이 좋다.

"이제 성실히 학교 나오네."

내 짝 승찬이가 썩은 웃음을 날리며 말했다. 요즘 학교 며칠 빠진 걸 놓치기 싫었겠지.

"응, 열심히 공부해야지."

"?"

승찬이가 당황해했다. 평소 같으면 승찬의 시비를 맞받아 주었겠지만, 지금은 승찬이의 콧대를 눌러 주는 것보다 더 급한 일이 있었다. 아무렇지 않게 당당하게 행동하자. 이것이 더 중요했다.

"쳇, 열심히 공부한다는 애가 사회 시험 날 빠지냐? 너만 시험 안 보고 진짜 불공평해."

"맞다. 저번 주 금요일 사회 시험 있었지. 어려웠어?"

"겁나 어려웠음. 너 그럴 줄 알고 일부러 학교 안 나온 거지?"

"아냐, 나 아팠어."

"잘도 그랬겠다. 어쨌든 부럽다. 오늘 시험 결과 나온다는 데 난 망했다고."

사실 송이랑 안 만나려고 빠진 거지만. 사회 시험은 뜻밖의 보너스였다. 5학년 사회는 역사를 배운다. 역사는 정말 최악이다. 신석기 시대 사람이 어떤 도끼를 썼는지 21세기를 사는 내가 왜 알아야 하는지 모르겠다.

"얘들아, 드디어 사회 시험지 나갑니다."

2교시 사회 시간에 담임선생님이 말씀하셨다.

"아아!"

원망의 탄성이 울려 퍼졌다.

"이번 사회 시험 많이 어려웠니?"

"네! 너무 어려웠어요."

"그래서 너희 점수가 좀…… 별로네."

"아아악!"

"역사 너무 어려워요!", "선생님 시험지 안 나눠 주시면 안 돼요?"

여기저기서 비명이 터져 나왔다.

"선생님, 100점 맞은 사람 있어요?"

교실이 고요해졌다.

"그럼. 어려워도 열심히 공부한 친구는 항상 있지. 그럼 선생님이 이름 부르는 사람들은 일어나세요. 이 친구들이 90점 이상 받은 친구들이에요."

다들 귀를 쫑긋 세웠다.

"혜나, 민지, 지유. 다 박수 쳐 주세요."

짝짝짝.

"와, 대단하다."

조혜나. 역시 공부는 잘한다. 난 짜증을 내며 설렁설렁 손뼉을 쳤다. 그때 어떤 소리가 내 귀에 확 꽂혔다.

"우와, 진짜 좋겠다. 부러워."

송이의 목소리였다. 송이를 돌아보니 부러운 얼굴로 박수받는 친구들을 보고 있었다.

'바로 이거야!'

송이는 항상 공부 잘하는 친구들을 부러워했다. 내가 보기엔 송이도 공부를 못하는 편은 아니었다. 그래도 송이는 공부를 더 잘하고 싶어 했다.

"내일 수학 시험 있는 것 알죠? 너희가 어려워하는 통분이라서 사회 시험만큼 어려울 거야. 다들 시험 준비 잘하세요."

"아악!"

"또 시험이야. 효주, 너 내일 학교 안 오겠다."

승찬이가 날 보며 말했다.

"나 이번 시험 잘 볼 거야."

"뭐?"

"나 이번 시험 100점 맞는다."

승찬이가 어이없는 듯 바라봤다. 수학 시험에서 100점을 맞는다. 100점이 안 돼도 최소한 혜나보다 훨씬 높은 점수를 받는다. 그래서 송이의 부러움을 산다. 나를 다시 보게 만든다. 고민했던 마지막 퍼즐이 드디어 맞춰졌다.

오늘도 학교생활은 힘들었다. 화장실에 혼자 갔다. 교과실 갈 때도 맨 뒤에서 혼자 뒤따라갔다. 다시 교실로 돌아올 때도 혼자였다. 차라리 수업 시간이 편했다. 최대한 당당한 얼굴로 지내려 했지만, 친구들의 곁눈질이 느껴질 때는 견디기 힘들었다.

'효주 쟤 왜 혼자 다녀?'

'효주 따됐네.'

뒤에서 수군대는 소리가 들리는 것 같았다. 애들이 날 불쌍해한다는 느낌이 들 때면 당장이라도 학교 밖으로 뛰쳐나가고 싶었다. 갑자기 학교에 폭풍우가 몰려오면 좋겠다. 그러면 당장 집에 가고 당분간 학교를 쉴 테니까. 지진이 나서 건물에 금이 가는 것도 괜찮겠다. 그럼 꽤 오래 쉬겠지? 이런 상상으로 쉬는 시간을 버텼다. 그나마 다행인 건 어제보다는 괜찮았다는 것이다. 어제처럼 절망적이지 않다. 오늘은 어제는 없었던 계획이 생겼기 때문이다. 두고 봐. 송이가 나를 다시 돌아보게 할 것이다.

"엄마! 엄마! 통분 잘해?"

신발도 벗기 전에 엄마를 불렀다.

"통분? 분수의 통분?"

"응! 통분. 나 내일 수학 시험이야."

"어머나, 우리 효주가 드디어 공부에 관심이 생겼구나!"

사실 5학년이 되고 엄마가 수학 학원에 다니라고 압박을 주고 있었다. 하지만 나는 소신 있는 여자다. 끝까지 버텼다. 왜냐하면 노는 시간이 줄어드니까. 엄마는 계속 졸랐지만 결국 포기했다. 대신 수학 문제집을 사서 엄마와 푸는 걸로 타협을 봤다. 엄마랑 수학 문제를 푸는 일은 정말 왕짜증이었다.

"이거 저번에도 설명한 거잖아!"

"생각이 안 나는 걸 어떡해!"

"휴, 그럼 또 설명할 테니 잘 들어."

"싫어. 쉬었다 할 거야."

"너 이럴 거면 당장 학원 가!"

"싫어! 공부보다 내 행복이 중요하다며? 거짓말이었어?!"

수학 공부만 시작하면 집이 쩌렁쩌렁 울렸다. 하지만 오늘은 다르다.

"엄마, 나 내일 시험 100점 맞아야 해. 공부 빨리 시작하자."

엄마의 눈에는 감격이 흐르다 못해 넘치고 있었다.

'분수의 통분' 단원평가

"효주야, 지금 밤 12시야. 빨리 자야지."

"그래, 효주야. 그러다 건강 해쳐."

평소 같으면 눈도 못 뜨고 있을 시간에 난 문제집을 풀고 있다. 5시부터 시작해 이미 문제집의 통분 단원은 한 시간 전쯤 다 풀었다. 지금은 틀린 문제를 다시 푼다. 진이 오빠 나 노력해요.

"이것만 풀고 잘게요."

"너무 늦었어, 효주야."

"그대로 둬요. 이럴 때 우리가 응원해 줘야지."

"아무리 그래도 12시인데……."

"효주가 알아서 하겠죠. 그냥 이리 와요. 효주야, 공부 열심히 하고 자. 너무 늦지 않게."

역시 엄마다. 눈치 빠르게 아빠를 끌고 나가 주었다. 엄마가 말리지 않았으면 아빠는 날 억지로 침대에 눕혔을 것이다. 엄마 덕분에 난 공부에 집중할 수 있었다.

"행복해, 우리 딸."

우리 집 공식 잠자리 인사말이다. 엄마 아빠 행복해지려면 수학 점수가 필요해요.

"아 정말, 또 틀렸네."

틀린 문제를 풀고, 풀고, 또 풀었다. 정답을 맞힐 때까지. 시간이 얼마나 지났을까. 어느새 창문 틈이 밝아지고 있었다.

"효주야, 효주야, 일어나야지."

"아, 조금만."

"효주야, 너 오늘 수학 시험을 보잖아."

시험이라는 소리에 눈이 번쩍 떠졌다.

"너 어제 몇 시에 잔 거야?"

"모르겠어. 엄마 지금 몇 시야?"

"8시 넘었어. 이제 빨리 준비해야 해."

"아, 엄마 조금만 빨리 깨우지."

"어제 너무 늦게 자는 것 같아서 조금이라도 더 재우려고 그랬지."

"아씨, 지각하면 다 엄마 책임이야!"

나는 아침도 거르고 학교로 뛰었다. '드르륵' 교실 문을 열자 모두가 날 쳐다봤다. 모두 조용히 책을 읽는 중이었다.

"효주가 웬일로 지각했네. 조금만 일찍 오자, 효주야."

8시 55분. 5분 지각해 버렸다. 창피하다. 선생님 말씀에 모든 아이가 나를 쳐다봤다. 그 얼굴 중에는 송이도, 혜나도 있었다.

'정말 엄마는 조금만 일찍 깨워 주지.'

엄마가 원망스러웠다. '띠링' 내 호감도가 깎이는 소리가 들렸다. 그래도 괜찮다. 오늘 수학 시험으로 모두 만회할 거니까.

"1교시는 약분과 통분 단원평가예요."

"네? 1교시예요?"

"아, 나중에 봐요. 선생님."

아이들의 투덜대는 소리 속에서 나는 속으로 생각했다.

'1교시. 차라리 잘됐어. 까먹기 전에 빨리 봐야지.'

담임선생님께서 시험지를 나눠 주시자 시험이 시작되었다.

"후."

난 한숨을 크게 한 번 쉬고 연필을 쥐었다. 지금부터 승부였다.

문제를 풀며 난 깜짝 놀랐다. 수학 시험이 이렇게 쉬운 적이 있었나? 다른 과목도 아닌 수학에서 연필이 이렇게 신나게 움직이는 건 처음이다. 1번, 2번, 3번, 4번 난 거침없이 풀어나갔다. 5, 6, 7…… 18, 19번까지. 쉬웠다. 하나도 모르는 문제가 없다. 20번 마지막 문제까지 끝났다. 아주 깔끔하게. 시계를 확인하니 9시 10분. 헉? 10분이라니. 10분 만에 다 풀다니. 이건 기적이다!

"이효주."

선생님도 10분 만에 다 푼 내가 자랑스러워서 나를 부른다.

"네."

"효주야"

"네, 선생님"

"이효주"

"네, 저 다했어요. 선생님."

이상하다. 왜 대답하는 데 계속 부르지?

"이효주!"

갑자기 세상이 흔들렸다. 지진이 난 것 같다. 나는 벌떡 일어났다.

"효주 정말 잠들었던 모양이네."

"하하하"

친구들이 웃고 있다. 내가 잤다고? 정말? 그럴 리가 없어. 얼른 시험지를 들어 확인했다. 앞장은 완벽했다. 그런데…… 맙소사 뒷장은 새하얬다. 깜짝 놀라 시계를 보니 9시 25분. 시험 시간 끝까지 15분 남았다. 창피해할 시간도 없다. 난 시험지에 코를 박고 문제를 풀었다. 연필이 신들린 듯이 움직인다.

"자, 이제 5분 뒤에 걷을게요."

이제 남은 시간 5분. 남은 문제는 다섯 문제. 1분에 한 문제씩 풀면 돼. 난 할 수 있다.

"자, 이제 1분"

이럴 때만 시간이 잘 가지. 그래도 할 수 있어!

"시간이 다 됐네. 뒤에서부터 걷을게요. 이름 안 썼는지 확인하세요."

난 인상을 쓸 수밖에 없었다. 18번, 19번, 20번, 객관식 두 문제, 주관식 한 문제가 남아 버렸다. 다른 수가 없었다. 찍었다. 주관식까지 찍어 버렸다. 머릿속으로 계산해 보았다. 한 문제에 5점씩 세 문제면 15점이다. 이미 85점. 거기에 급히 푸느라 실수한 문제들까지 합하면 아마 70점? 60점대가 될 수도 있다. 이렇게 되면 평소보다 점수가 낮다. 억울하다. 잠들어 버리다니. 그렇게 열심히 했는데 잠들어 버리다니.

"야, 시험 진짜 어렵지 않았냐?"

"어. 사회만큼 어려웠어."

"수학 싫어. 사회도 싫어. 시험 진짜 싫어."

아이들의 수군거리는 소리가 들린다.

하지만 난 달랐다. 이번 시험은 어렵지 않았다. 충분히 풀 수 있었다. 너무 억울하다. 거기에 더해 또 하나의 생각이 나를 괴롭혔다. 시험 시간에는 다 풀지도 않고 잠자는 아이가 돼 버렸다. 이런 아이와 누가 친구 하고 싶을까? 호감도가 와장창 무너지고 있다.

그렇게 6교시가 되었다.

"애들아, 선생님이 채점 끝냈다. 빨리 끝냈지? 시험 결과 궁금해요?"

"네, 궁금해요!"

"나눠 주세요."

'싫어요! 나눠 주지 마세요!'

난 마음속으로 소리쳤다.

"이번 시험도 어려웠나 봐요. 점수가 높지 않네. 그런데도 열심히 공부한 친구들이 있어요. 그 친구들 이름 불러 줄게요."

'알고 싶지 않아요! 그냥 재시험 봐요!'

난 억지를 부려 본다. 물론 속으로.

"이번에 90점 넘은 친구는 둘밖에 없네요. 자 이름 부르면 일어나보세요. 김지유, 오…… 그리고 이효주!"

'?'

"와, 효주 인제 보니 다 풀고 잠든 거였구나. 선생님이 괜히 걱정했었네. 효주는 특히 칭찬해 주고 싶은 것이 저번 수학 시험보다 점수가 많이 올랐어요. 이번 시험에 굉장히 노력한 거지? 멋있어, 효주야. 모두 효주와 지유에게 박수 쳐 주세요."

"와!"

짝짝짝.

꿈을 꾸는 것 같다. 세 문제를 찍었는데 90점이 넘다니. 시험지를 받고 다시 한번 놀랐다. 95점! 찍은 세 문제 중에서 두 문제가 맞았다. 거기다 앞에 푼 문제들을 실수 하나 없이 모두 맞혔다. 하늘은 스스로 돕는 사람을 돕는다고 했다. 오늘이 그날이다. 하느님이 감사합니다!

"오, 대단한데, 이효주."

맨날 놀리던 승찬이도 이번에는 인정할 수밖에 없었나 보다.

다른 아이들도 몰려왔다.

"와, 효주야, 너 진짜 다 풀고 잔 거였어? 이렇게 어려웠는데?"

"나는 시간이 모자라서 네 문제나 못 풀었어."

"어? 어, 그랬지. 오늘따라 빨리 풀리더라고, 하하하."

"효주야, 대단해."

엉? 혜나다. 혜나까지 와서 나를 칭찬해 주었다.

'뭐야? 혜나 칭찬은 받고 싶지 않은데. 치, 이게 다 송이한테 잘 보이려고 하는 행동이겠지? 대인배인 척. 그래도 고맙다, 혜나야. 공부를 잘하던 네가 90점을 못 넘겨 줘서.'

혜나보다 높은 점수가 나를 더 신나게 했다. 선생님도 친구들도 모두 나를 바라보는 눈빛이 다르다. 그럴 것이 지유는 우리 반에서 제일 공부 잘하는 친구이다. 공부를 썩 잘하지 못하던 내가 지유 옆에 나란히 섰으니 놀랄 만하다.

조금 아쉬운 것은 칭찬해 주는 애들 무리에 송이가 없었다는 점이다. 다 송이 때문에 이 고생을 한 건데. 그래도 상관없다. 다른 친구처럼 송이도 놀랐을 것이고, 호감도도 엄청나게 올랐을 게 틀림없다. 부끄러워서 못 다가온 거겠지.

집에 가서 확인하면 된다.

현관문을 열며 외쳤다.

"엄마! 나 하나 틀렸어. 95점 받았어!"

"와! 진짜? 우리 효주 대단해! 오늘 파티해야겠네!"

영웅이 된 것 같다. 엄마 아빠는 나를 한껏 치켜세워 주었다.

"우리 효주. 내가 똑똑한 것 알고 있었지. 암, 아빠 닮아서 똑똑한 거야."

"무슨 소리. 엄마 닮아서 똑똑한 거지."

"효주는 어떻게 생각해? 아빠 닮은 거지?"

"엄마 닮은 거지?"

"나는…… 날 닮아서 그래, 하하하!"

"이렇게 장한 우리 딸 소원 들어줘야겠는데. 혹시 바라는 것 없니?"

"그럼 고양이 키우기. 내가 예전부터 소원이라고 했잖아."

"고양이는 안 돼! 엄마가 고양이 털 알레르기 있는 것 알잖아. 숨도 못 쉰다고."

"치, 그래 알았어. 그럼 나 에버랜드 가고 싶어."

"에버랜드? 그럼 우리 딸이 가고 싶다면 가는 거지!"

이 맛에 공부하는 거구나. 애들이 왜 밤늦게까지 학원에 다니는지 도무지 이해가 안 됐었는데 이제야 알 것 같다.

파티 후 기분 좋게 방에 들어온 나는 스마트폰을 꺼냈다. 모든 것은 지금, 이 순간을 위한 것이었다. 두근거리는 마음으로 심콩달콩 아이콘을 누른다. 한. 송. 이. 한 글자 한 글자 정성을 들여 자판을 눌렀다.

지금 한송이의 호감도를 체크합니다. 기다려 주세요.

파란 하트가 두근두근 움직인다. 내 심장도 따라 뛴다.

100% 완료되자 '띠링' 하는 소리가 울려 퍼진다. 동시에 스마트폰이 내 손에서 빠져나갔다. '툭' 스마트폰이 방바닥에 떨어졌다. 평소 같으면 '흠집 난 거 아니야.'라고 호들갑을 떨었겠지만 난 아무 말도 하지 않았다. 떨어진 스마트폰 화면에는 글씨가 깜박이고 있다.

한송이의 호감도는 -60점입니다. 효주에게 화가 나 있어요.

깔맞춤

왜? 왜일까? 분명히 선생님도 기뻐하셨다. 부모님은 말할 것도 없다. 친구들도 날 보는 눈빛이 달라졌다. 그런데 송이의 호감도는 왜 떨어졌을까?

생각하고, 생각했지만 답을 찾을 수 없다. 학교로 향하는 발걸음에 힘이 하나도 없다. 학교 가는 것이 겁난다. 또 혼자가 되는 것이 싫다.

그런데 오늘은 어제와 달랐다.

"효주야, 어제 좀 놀랐어. 너 학원 안 다니잖아?"

혼자 있던 나에게 지유가 와서 말을 걸었다.

“어…… 나 수학 학원 안 다녀.”

“그런데 어떻게 그렇게 수학 점수가 높아졌어?”

“그러게. 잘 모르겠네, 하하.”

밤을 새워서 공부했다고, 송이를 다시 빼앗기 위해서라고 이야기할 순 없지.

“와, 여기 90점 이상만 모였네. 나도 끼여도 되냐?”

맨날 땍땍대던 승찬이가 자기 나름의 칭찬을 날린다. 나도 승찬이의 방식으로 답해 줬다.

“89점까지만 봐준다.”

“안녕, 즐거웠다. 다음 생에 보자.”

“아니, 아니. 농담이야, 승찬아. 하하하.”

오랜만에 애들과 이런저런 이야기를 나누니 조금 안심이 됐다. 다들 나에 대한 호감도가 높아진 것이 분명하다. 혹시 송이도? 주변을 둘러봤다. 에이, 송이는 멀리서 혜나와 얘기하고 있었다.

‘둘이 도대체 무슨 얘기를 하는 거야?’

나는 송이 쪽으로 몸을 돌렸다. 소리는 들리되 엿듣는 모습은 들키지 않을 거리까지 다가갔다.

“와! 혜나야, 너 오늘 체크무늬 셔츠 잘 어울린다.”

“그래도 송이 너 예쁜 거에 비하면 아무것도 아니야.”

“아냐, 오늘은 네가 더 예뻐.”

“송이 너 머리띠랑 블라우스랑 색깔 맞춘 거지? 하늘색 깔맞춤 잘 어울려.”

“진짜? 고마워, 혜나야.”

그래. 맞아! 송이는 예쁜 것을 좋아해. 아직도 엄마가 정해 준 옷을 그대로 입는 나와 달리 송이는 자기가 옷을 골라 입는다고 했다. 지난달에도 같이 쇼핑몰에 놀러 가서 머리핀, 머리띠 같은 액세서리를 샀다.

"이게 더 예쁘지? 아닌가? 얘가 더 예쁜가?"

난 5분이면 고를 것을 송이는 30분이 넘게 고민하곤 했다. 왜 이제야 기억났을까? 송이가 좋아하는 사람은 예쁜 사람이다. 오늘도 집에 뛰어가야겠다.

"엄마, 엄마? 어딨어?"

"욕실에 있는데. 왜?"

"엄마, 나 급해. 빨리 나와 봐"

"우리 딸 무슨 일인데 그래?"

"엄마. 나 수학 시험 잘 봐서 소원 들어주겠다는 말 기억나지?"

"그럼, 기억나지."

"그거 지금 들어줘."

"갑자기? 에버랜드 말고? 뭐 갖고 싶은 것 생겼어?"

"옷."

송이처럼 멋지게 차려입어야 한다.

"옷?"

"응, 무지무지 예쁜 옷. 머리띠까지 깔맞춤으로."

그렇게 엄마랑 쇼핑몰로 향했다.

"우리 딸이랑 이렇게 쇼핑을 오다니. 엄마 기분 진짜 좋다."

우리 엄마는 쇼핑을 무척 좋아한다. 그런데 난 내 옷 사는 건 좋아도 엄마 물건 사는 쇼핑은 지루하다. 그래서 엄마가 쇼핑하러 가자고 하면 공부해야 한다고 피해 다녔다. 물론 엄마가 나간 뒤 공부는 안 했다. 엄마는 '다른 집 딸들은 엄마랑 쇼핑 다니는 거 좋아한다던데.'라고 중얼거렸다. 그래도 우리 엄마는 내가 싫어하는 걸 강요하지는 않았다. 아, 공부 강요는 물론 예외.

"음, 괜찮긴 한데……. 다른 것도 입어 볼래."

"아냐, 아냐, 다른 매장에 가 보자."

나보다 엄마가 더 신이 났다.

무려 두 시간 동안 10벌을 갈아입은 끝에 엄마의 합격 목걸이가 수여되었다.

"이 옷이야, 효주야. 널 위해 만들어진 옷."

진한 청색의 원피스 위에 흰색과 민트색이 교차되는 체크무늬 조끼. 파란 하트 머리끈. 머리부터 발끝까지 깔맞춤이었다.

"와, 예쁘다. 엄마."

"당연하지. 누구 딸인데."

내가 봐도 예뻤다. 역시 우리 엄마다.

다음 날 아침. 난 평소보다 한 시간 이른 7시에 일어났다. 어제 산 옷과 머리핀이 날 머리부터 발끝까지 예쁘게 꾸며 주었다. 여기에 더해 엄마는 무려 30분 동안 정성스레 머리를 묶어 주었다.

"우리 딸 좋아하는 남자 생겼나?"

"아니야, 이상한 소리 하지 마."

"알았어. 아니면 아니지 왜 화를 내실까?"

"뭐, 우리 딸이 남자 친구라니! 아빠는 허락 못 한다!"

"아이, 진짜 아니라니까!"

엄마 아빠의 놀림에 짜증은 좀 났지만 한 시간 일찍 일어난 보람이 있었다. 새하얀 얼굴, 깔끔하게 빗어 묶은 머리. 그 위에 올려진 조끼와 맞춤 색깔의 머리핀. 원피스는 조금 짧아서 불편하지만 내 짧은 다리를 길쭉하게 만들어 주었다. 오늘 나는 내가 봐도 예쁘다.

"안녕하세요, 선생님."

"안녕, 효주야. 어, 오늘 효주 되게 예쁘네."

앗싸! 선생님이 칭찬해 주셨다.

"와, 효주 너 옷 새로 샀구나."

"귀엽다, 효주야."

요즘 들어 부쩍 나에게 다가오는 지유도 칭찬해 주었다.

"효주야, 모델 같아."

"고마워, 얘들아."

와, 오늘 나 인기 폭발이다. 엄마 고마워요! 그래 이 정도면 송이에게도 먹힐 거야. 난 은근슬쩍 송이 쪽을 돌아봤다. 이런! 그 순간 송이와 눈이 딱 마주쳤다. 나도 놀랐지만, 송이도 놀란 눈치였다. 말을 걸까? 마음 같아서는 당장에 달려가서 아무 일 없는 듯 말하고 싶었다.

'송이야, 어제 나 옷 새로 샀다. 어때?'

그럼 송이도 예쁘다고 해 주겠지? 그렇게 우리는 예전으로 돌아가는 거다. 하지만 꾹 참았다. 그러기엔 지금 내 호감도가 너무 낮다. 우선 호감도를 높이는 것이 중요했다. 여기까지 생각이 미치자 난 먼저 송이의 눈을 피했다. 기회는 있다. 송이가 날 본 건 분명히 내 예쁜 모습 때문일 거다. 오늘 내 모습은 분명 최고다. 쉬는 시간, 점심시간, 교과실로 이동할 때마다 최대한 송이 근처에서 서성였다. 내 모

습을 최대한 자주 보여 주고 싶었기 때문이다. 친구들이 한마디씩 하는 칭찬이 빠짐없이 모두 송이 귀에 들어가길 바랐다.

송이 옆을 종종대던 피곤한 하루가 끝났다. 요즘 학교는 평소보다 열 배는 피곤하다. 이렇게 힘든 건 아마 오늘이 마지막일 것이다. 방으로 들어와 심콩달콩 앱을 켰다. 송이의 호감도가 30만 되도 작전 성공이다.

'확 80으로 오른 것 아냐?'

두근두근 기대하며 파란 하트 아이콘을 눌렀다.

지금 한송이의 호감도를 체크합니다. 기다려 주세요.

100% 완료. '띠링' 소리가 울렸다.

한송이의 호감도는 -60점입니다.

송이는 효주에게 화가 나 있어요.

폭탄이 터지다

이러다 좀비가 될 것 같다. 며칠째 잠을 제대로 못 잔다. 어제도 그랬다. 송이의 호감도를 높이려면 뭘 더 해야 하는지. 진이 오빠와 약속했다. 최선을 다한다고. 그래서 고민 끝에 절대로 쓰고 싶지 않았던 방법을 꺼내 들기로 했다. 작전명은 '최연아'였다. 연아는 전학 오기 전 내 절친이었다.

"연아야, 이번 주말에 뭐해? 우리 집에서 놀자."

예전 학교에서의 일이다. 나는 연아를 집에 초대한 적이 있다.

"이번 주말에 약속 있는데?"

"무슨 약속?"

"하랑이가 자기 생일 파티에 초대했어."

나는 순간 당황했다. 연아에게 거절당해서 당황했고, 하랑이의 생일 파티에 초대받지 못해서 당황했다.

"뭐? 난 초대 못 받았는데?"

"어? 그래? 그럼 나 가지 말까?"

"아냐, 가. 다음에 놀면 되지."

최대한 쿨하게 말했지만, 뭐라 설명할 수 없는 감정이 내 마음에서 솟구쳤다. 연아와 내가 절친인지 알면서도 나만 빼놓고 연아만 초대하다니. 분명히 연아와 날 떼어 놓으려는 하랑이의 속셈이 분명했다.

연아가 생파에 가지 않기를 원했지만, 자존심 때문에 그 말은 할 수 없었다.

그 대신 나는 아빠에게 달려가 뽀뽀를 열 번을 날렸다.

"아빠, 사랑해. 그런데 나 요즘 용돈이 부족한데……."

"그래?"

아빠에게 받은 용돈으로 연아에게 매일 아이스크림을 사 줬다. 주말마다 전화해서 같이 놀았다. 혹시나 하랑이가 접근할까 봐 눈에 불을 켜고 감시했었다.

이 작전에서 난 연아다. 연아가 하랑이 생파에 간 것처럼 나도 딴 친구와 친한 모습을 송이에게 보여 줄 거다. '최연아 작전'만큼은 쓰고 싶지 않았다. 치사해 보이기도 하고, 자존심도 상했기 때문이다. 하지만 머리를 짜내고 짜내도 이제 남은 방법은 이것밖에 없었다.

5교시 쉬는 시간 주변에 송이가 있는지 살폈다. 송이는 말소리가 들릴 만큼 아주 가까운 거리에서 얄미운 혜나랑 수다를 떨고 있었다. 조건은 완벽했다. 최연아 작전을 가동할 시간이었다. 수학 시험 뒤로 나에게 부쩍 말을 거는 지유를 불렀다.

"지유야, 잠깐만!"

"왜, 효주야?"

"지유야, 혹시 오늘 끝나고 두꺼비 분식 같이 갈래? 내가 떡볶이 쏠게!"

"진짜? 나야 고맙지. 그런데 갑자기 왜?"

"내가 영어 학원 가기 전에 시간이 남아서. 너랑 놀다가 학원에 가려고!"

물론 난 영어 학원에 다니지 않는다.

"그래, 그럼 우리 두꺼비 분식 가서 먹자. 음료수는 내가 사 줄게."

“진짜? 그러자. 재밌겠다!”

송이에게 잘 들리게 되도록 큰 소리로 이야기했다. 아마 온 교실이 내 목소리를 들었을 거다. 그러나 내 온 신경은 오직 한 사람, 송이에게 향해 있었다. 작전이 먹혔을까? 내가 혜나를 질투하는 것처럼 송이도 지유를 질투하겠지. 아니, 질투해야만 한다. 흘끗 송이를 보는데 승찬이가 송이에게 다가갔다.

“이상하네. 요즘 너랑 효주랑 둘이 말하는 걸 못 봤네. 너희 둘이 맨날 붙어 다니지 않았냐?”

헉! 갑작스레 저런 질문을. 나는 침을 꼴깍 삼키면서 귀를 쫑긋 세웠다. 송이가 뭐라고 대답할까.

“같이 다니긴 했지. 근데 딱히 친하지 않았어.”

“그래? 이상하네. 친해 보였는데.”

“아니, 별로.”

심장이 아픈 게 이런 느낌이구나. 송이의 말 한마디, 한마디가 얼음 조각처럼 날아와 나한테 박혔다. 얼음 조각은 차가웠다. 심콩달콩 앱은 켜 볼 필요도 없었다. 최연아 작전은 실패다. 그 어떤 작전도 통하지 않는다.

송이는 나를 싫어한다.

진심으로.

"지유야, 미안해. 갑자기 몸이 안 좋아. 몸살이 난 것 같아."

"응? 갑자기?"

"응…… 머리도 어지럽네. 두꺼비 분식은 다음에 가자."

"으, 응, 그래."

지유의 표정이 굳어졌다. 하지만 몸이 안 좋다는 건 거짓이 아니었다. 머리가 어질어질하고 기운이 없다. 난 의자에 털썩 주저앉았다. 수업을 마치고 어떻게 집이 왔는지 모르겠다. 온몸에 힘이 다 빠져 버린 것 같았다. 소파에 앉기도 귀찮았다. 곧바로 방으로 들어가 침대에 몸을 던졌다.

"이제 다 끝이야. 진이 오빠 약속 못 지킬 것 같아요. 나 이제 못하겠어요."

삐삐삐삑.

현관문을 여는 소리가 들린다. 엄마였다. 평소 같으면 현관 앞으로 나가서 반갑게 맞이했겠지만, 지금은 꼼짝하기 싫다.

"딸? 있는 거지? 뭐 해? 엄마가 왔는데 내다보지도 않고?"

"……."

엄마가 방으로 들어왔다. 난 침대 위에 쓰러졌던 그 자세 그대로 움직이지 않았다.

"어디 아프니?"

"아냐."

"무슨 일 있어?"

"아니."

"선생님한테 혼났어?"

"아니야."

"그런데 왜 그러고 있어?"

"몰라. 피곤해."

"그래, 알았어. 쉬어."

엄마가 방을 나갔다. 그런데 10분쯤 뒤에 다시 방문이 열렸다. 잊고 있었다. 우리 엄마는 끈질기다.

"그런데 효주야, 정말 무슨 일……."

"없다고, 무슨 일. 그냥 나가라고."

대충 둘러댈 기운도 없다. 기운이 조금만 있었다면 무릎 꿇고 빌었을 것이다. 제발 나가 줘, 엄마. 나 폭발 직전이라고.

"효주야, 무슨 일이 있으면 얘기를 해야지. 짜증을 내면 어떡해?"

"내가 무슨 짜증을 냈다고 그래."

"지금 내고 있잖아. 도대체 무슨 일인데? 말해야 알 것 아냐. 엄마가 항상 원하는 걸 똑바로 말하라고 하잖아. 답답하다고!"

3, 2, 1, 뻥! 내 안의 폭탄이 터져 버렸다.

"무슨 일? 그렇게 알고 싶어? 무슨 일인지 얘기해 줄게. 나 혼자 있고 싶은데 누가 계속 들어와서 귀찮게 해. 너무 짜증 나. 그게 무슨 일이야."

"너 말투가 왜 그래?"

엄마의 얼굴이 굳었다.

"맨날 솔직히 얘기해 달라며. 무슨 일 또 하나 얘기해 줄까? 난 지금 학교에서 혼자야. 혼자서 화장실 가고, 혼자 줄 서고, 혼자 집으로 와. 송이는 나랑 눈도 안 마주쳐. 왜 이렇게 된 줄 알아? 다 엄마 탓이야. 엄마가 전학 가자고 하지만 않았어도 난 연아랑 행복하게 지냈을 거라고. 엄마는 나보고 행복하라며? 나 전학 오기 전에는 행복했는데 왜 날 이렇게 만든 거야? 내 행복을 엄마가 다 망쳤어. 망치니까 속이 시원해? 엄마가 제일 미워! 송이보다 엄마가 더 미워! 그러니까 나 혼자 있게 나가라고!"

그동안 꾹꾹 눌러 왔던 서러움이 터져 나왔다.

"그래, 엄마가 미안해. 그만 나갈게."

엄마는 내 소원대로 방을 나갔다. 쿵, 문이 닫히는 소리에 정신이 돌아왔다. 아니, 사실 정신을 차린 건 문소리가 아니라 엄마의 눈에 맺힌 눈물 때문이다. 손으로 얼굴을 감췄지만, 똑똑히 보았다. 아마 지금 방에서 혼자 울고 있겠지. 우는 소리가 새나가지 않게 조용히. 내 폭탄이 결국 엄마를 상처 입혔다. 사실 엄마가 잘못한 건 하나도 없다. 전학하게 된 것도 아빠의 직장 문제 때문이다. 엄마는 내가 힘들까 봐 아빠의 전근에 반대했다. 엄마는 내 행복을 위해 최선을 다했다. 그런데도 내 못된 말에 한마디 대꾸도 안 했다. 할 말이 많았을 텐데……. 게다가 나한테 미안하다고 사과해 줬다. 엄마는 자존심도 없나?

'아.'

문득 어떤 생각이 머리를 스쳐 지나갔다. 내 멋대로 굴다가 송이가 날 미워하게 됐다. 엄마도 날 미워하게 되면 어떡하지? 내가 질려 버렸으면 어쩌지? 안 돼! 엄마까지 잃을 순 없다. 나는 스마트폰을 꺼냈다. 심콩달콩 앱을 켜고 '전민영' 엄마의 이름을 입력했다. 3일 전 엄마의 호감도는 83점이었다.

'50? 30? 제발 조금만 내렸기를. 0보다 낮으면 어쩌지?'

손이 떨렸다.

띠링.

떨리는 마음으로 점수를 확인했다. 그리고 바닥에 그대로 주저앉았다. 눈에서 굵은 눈물이 흘렀다.

전민영의 호감도는 100점입니다. 효주를 완전하게 사랑해요.

켜켜이 쌓인 것들

겨우 울음을 그치고 엄마를 찾아갔다.

“엄만 이상해. 엄마는 왜 나 안 미워?”

엄마가 눈물을 닦으며 대답했다.

“미워야 하는데 미워할 틈이 없네. 지금 효주가 너무 걱정돼서…….”

“내가 그렇게 심하게 말했는데 화도 않나? 지금 나 걱정할 때야? 화를 내야지.”

“효주가 이렇게 힘든데 엄마가 어떻게 걱정을 안 해?”

엄마는 조용히 나를 안았다.

"미안해요. 엄마…… 나 진짜 미안해…… 흐흑."

다시 울음을 터졌다. 난 울면서 엄마에게 솔직히 이야기했다. 송이와 혜나, 레오, 수학 시험, 쇼핑, 최연아 작전까지 모두 말했다. 진이 오빠 이야기는 뺐다. 약속은 지켜야 하니까.

"우리 딸이 이렇게 힘든지 몰랐어. 엄마가 미안해."

겨우 그친 눈물이 다시 나온다.

"아냐. 엄마 잘못 아니야. 내가 나빴어. 미안해 엄마. 미안."

"우리 효주가 고생했네. 고생했어."

엄마는 내 눈물을 닦고 나를 꼭 안고 토닥여줬다. 마음이 차분해졌다.

"효주야, 엄마 생각에는 효주가 송이와 대화를 해야 할 것 같아."

"대화? 안 돼. 송이가 나랑 말하려고 안 하는걸."

"먼저 말을 걸어 봤어?"

"……아니."

"왜?"

"내가 먼저 말을 걸면……."

"그러면?"

"내가 잘못했다고 인정하는 거잖아."

"네가 송이에게 잘못한 건 없다고 생각해?"

"내가 제대로 말도 안 하고 삐졌다는 건 알아. 송이가 화날 만 했다는 것도 알아. 그런데……."

"인정할 수 없는 거야?"

"그게 아니라. 잘못한 건 인정해. 그건 어려운 게 아니야. 그런데 만약 내가 잘못했다고 인정해 버리면 내가 진짜 잘못한 게 되어 버리고 그럼…… 나, 내가 잘못했다는 거 인정하면…… 송이가 나한테 화낼 거야."

"효주가 그것 때문에 걱정됐구나. 그런데 엄마 생각에는 송이가 화내는 건 걱정할 필요가 없을 것 같아."

"왜?"

"송이는 이미 화내고 있거든."

"……."

엄마 말이 맞는다. 송이는 나에게 화가 나 있다. 그리고 화내고 있다.

"나도 화난다고. 내가 얼마나 송이를 좋아했는데. 어떻게 혜나랑……."

"효주도 속상하지. 맞아. 그런데 복잡한 문제일수록 솔직함이 최선이더라. 괜히 눈치 보면서 피하면 상황이 더 꼬이더라.

송이를 만나서 효주가 왜 화가 났는지 함께 이야기해 보면 어떨까?”

“…….”

엄마의 맞는 말이 싫다. 내 잘못을 인정하는 것도 싫고, 사과하는 것도 싫다. 엄마 말이 맞지만 송이한테 먼저 말 거는 건 싫다. 자존심 상한다. 그런 것 뛰어넘고 송이랑 가까워지고 싶다. 내 마음이 말이 안 되는 거 안다. 그래도 할 수 없다. 싫은 건 싫은 거니까.

엄마와 대화로 마음은 좀 진정됐지만, 머리는 여전히 복잡하다. 잘 모르겠다. 이럴 때 갈 곳은 정해져 있다.

“엄마, 나 멸치 좀 주세요.”

송이에게 집중하느라 레오에게 너무 무신경했다. 그동안 무슨 일 있는 건 아닌지, 굶고 있는 건 아닌지 걱정됐다. 난향 근린공원의 오솔길의 끝, 아무도 오지 않는 구석진 덤불에 도착했다.

‘어? 여기는 사람들이 잘 오지 않는 곳인데?’

저편에서 쪼그려 앉은 뒷모습이 보였다. 누군지 알아볼 만큼 가까이 갔을 때 난 얼음처럼 굳어 버렸다. 지금 제일 만나고 싶지 않은 사람, 지금 내 두통의 이유가 거기 있었다.

송이였다.

"레오야, 어딨니? 나와 봐."

"네가 레오를 왜 찾아?"

송이가 돌아봤다. 송이도 무척 놀란 표정이었다. 하지만 금방 싸늘한 표정으로 변했다.

"왜? 난 레오 부르면 안 돼?"

"내가 보이는구나. 너한테 내가 안 보이는 줄 알았네. 어쨌든 레오는 내가 돌볼 거니까 넌 저리 가."

"싫어."

싫다니? 어이가 없었다.

"싫다고? 너 한 달 전까지 레오를 알지도 못했잖아."

"레오한테는 내가 필요해."

"무슨 소리야? 나한테 레오까지 뺏어 가려는 거야? 이러는 게 어딨어? 지금 내가 얼마나 힘든 줄 알아?"

"네가 뭐가 힘든데?"

순간 내 귀를 의심했다. 뭐가 힘드냐고?

쾅!

아까보다 더 큰 폭탄이 터져 버렸다.

"뭐가 힘드냐고? 난 지금 학교 갈 때도 혼자고, 급식 먹으러 갈 때도 혼자야. 쉬는 시간에도 혼자 앉아 있어. 네가 그 기분을 알아? 더 짜증 나는 건 계속 네 눈치만 보는 거야. 혹시 네가 날 돌아보지 않을까? 네가 나한테 다가오지 않을까? 혹시 네가 나한테 말 걸지는 않을까!"

볼이 축축했다. 나 혹시 울고 있나?

"왜 그런지 알아? 너랑 함께일 때 정말 즐거웠으니까. 아직도 네가 좋으니까!"

정말 최악이다. 질질 짜면서 '아직도 네가 좋으니까.'라니. 내가 얼마나 불쌍하게 보일까? 부끄러움이 파도처럼 밀려온다, 작년 회장 선거에서 2표 나왔을 때보다 더 큰 파도가. 폭탄이 터진 사이 내 자존심은 걸레가 됐다. 그래! 이 방법밖에 없다. 도망치자. 온 힘을 다해 뛰자.

"너……잖아"

뛸 타이밍을 재는데 송이가 뭐라고 중얼거렸다. 그런데 목소리가 너무 작았다. 뭐라고 하는 거지?

"뭐?"

"너였잖아. 아무리 전화해도 전화도 안 받고, 카톡 해도 하지 말라고 하고, 더는 답장도 없고. 나랑 다시 안 보겠다고 한 건

너였잖아. 학교에서도 말도 안 걸고 보란 듯이 지유랑 친하게 지낸 것도 너였잖아. 네가 나 싫어해서, 다시는 나랑 안 볼 것 같아서…… 내가 얼마나 힘들었는지 알아?"

송이가 울먹거리고 있다.

그 모습을 보자 절대 하지 않겠다고 다짐했던 그 말이 나도 모르게 튀어나왔다.

"미안해. 전화 안 받은 거. 문자 안 한 거. 혜나랑 안 놀겠다고 한 거. 전부다. 모두 모두 미안해."

"나도. 너랑 친하지 않다고 말해서 미안해. 으앙."

못생겼다. 우는 송이는 안 예쁘다. 나도 지금 저런 모습이겠지? 우린 같이 울고 있다. 그때 내 발밑에서 인기척이 났다.

"어?"

고양이 과자, 멸치, 참치 통조림으로도 1m 내의 접근을 허락하지 않았던 레오가 내 다리에 몸을 비비고 있었다.

"냐아옹."

난 떨리는 손을 뻗어 레오를 쓰다듬었다. 레오는 도망가지 않았다. 나머지 한 손을 뻗어 레오를 두 손으로 잡았다. 그리고 아주 조심스럽게 가슴으로 당겼다. 레오가 내 가슴에 착륙했다. 레오는 부드러웠고 복슬복슬했고 무엇보다 따뜻했다.

레오의 온기가 내 손과 가슴을 타고 온몸에 퍼지고 있다. 꿈에서조차 이뤄지지 않던 레오와의 첫 포옹이다. 레오와 눈이 마주쳤다. 못생긴 코를 벌렁거리고, 동그란 눈을 깜박이며 레오는 지금 내 품에 안겨 있다.

"냐야아옹."

송이를 바라보았다. 송이의 눈이 튀어나올 것 같다. 나보다 더 놀랐나 보다. 그 모습을 보며 나는 풋 하고 웃음을 터뜨렸다. 송이는 못생긴 자기 얼굴 때문에 웃는 걸 아는지 모르는지 바보처럼 웃고 있다. 지금 우리는 울면서 웃는다.

빛나다

레오를 함께 쓰다듬으며 우리는 많은 얘기를 나눴다.

"혜나네 집이 동물병원을 한다고?"

"응."

"그럼 혹시 학교 앞 사거리에 있는 그 혜나 동물병원이 걔네 거야?"

"응, 혜나네 엄마가 수의사셔. 아이고 우리 레오 잘 먹는다. 더 줄까?"

송이는 내가 가져온 멸치를 레오에게 건네며 말했다. 레오는 순식간에 멸치를 낚아챘다. 작은 입을 오물거리며 멸치를 해체했다.

"어떻게 알게 됐어?"

"내가 지난달에 고양의 모든 것이라는 책 산 것 기억나지? 그거 보고 있을 때 혜나가 말을 걸었어. 고양이 좋아하냐고."

"그 소심이가?"

"응, 자기도 고양이 정말 좋아한다고. 그 혜나가 고양이 얘기는 정말 술술 나오더라. 그날 혜나와 한 고양이 얘기 정말 재밌었어. 그래서 레오 얘기까지 하게 됐고. 그리고 레오 눈을 봐 봐."

레오의 눈은 진짜 지저분했다. 눈곱이 잔뜩 꼈고 눈도 부었다.

"이렇게 가까이 보니까 더 잘 보이네. 레오 눈을 잘 못 떠. 우리가 치료해 줘야 해. 그러려면 혜나 도움이 필요해. 그렇지, 레오야?"

"그랬구나."

"혜나에게 레오의 눈에 관해 말하니까 결막염이면 상관없는데 헤르페스인가? 무슨 바이러스면 꼭 치료받아야 한다네. 죽을 수도 있대."

"뭐? 죽는다고? 안 돼!"

"하하, 나도 지금 너랑 똑같이 반응했다."

송이는 웃었지만 난 너무 놀라서 입을 다물 수 없었다.

"혜나도 똑같이 걱정했어, 우리처럼. 그리고 엄마한테 부탁해 보자고 했는데. 드디어 허락받았대, 레오 한번 데리고 오라고. 그래서 레오 찾으러 온 거야."

"그래서 혜나랑 놀자고 한 거였구나. 난 그런 줄도 모르고……."

"그것만이 아니야. 이유는 하나 더 있어. 혜나가 너랑 꼭 친해지고 싶대."

"응? 혜나가 왜? 나 혜나랑 한 번도 말한 적 없는데."

"아! 그건……."

송이는 흠칫 놀라더니 레오에게 눈을 돌렸다.

"레오야, 맛있어?"

갑작스레 딴청을 피웠다. 연기 못하는 배우를 보는 것 같았다.

"왜? 무슨 일인데. 네가 부끄러워해?"

"하…… 티 났어? 그게 사실은 혜나한테 얘기했거든. 네가 레오를 구한 일."

"무슨 소리야?"

"네가 덩치가 산만 한 아저씨한테 가서 따졌잖아. 레오 버리지 말라고. 레오 죽는다고."

"어? 그걸 네가 어떻게 알아?"

난 그 얘기를 송이에게 한 적 없다. 어른한테 덤비는 날라리로 보일 것 같아서였다.

"사실 그날…… 나도 그 자리에 있었어. 그 아저씨랑 꼬맹이가 레오 버리는 걸 봤어. 그걸 보고 나도 그러지 말라고 말하고 싶었어. 그런데 난 못 하겠더라. 덩치 큰 아저씨가 내게 화내는 상상만으로 얼어 버렸어. 그런데 너는 하더라. 당당하게. 난 정말 놀랐어. 아무리 봐도 내 또래인데 어떻게 저럴 수 있지. 네가 너무 멋져 보였어. 그런데 있잖아. 진짜 놀랐잖아. 3월 첫날. 교실에 들어가니까 그 멋진 애가 우리 반 교실에 앉아 있는 거야. 그때 바로 다짐했어."

"뭘?"

"너랑 단짝이 되겠다고."

송이가 웃었다. 이제야 의문이 풀렸다. 3월 초에 송이가 나한테 말을 건넨 이유, 내 형편없는 그림을 보고 고양이를 떠올린 이유, 나와 단짝이 된 이유 모두 이해됐다. 그런데 난 그런 것도 모르고……. 내가 불쌍해서 그런 줄 생각했다. 송이의 웃음이 눈부신 만큼 내 마음은 무거워졌다.

"혜나와 레오 얘기하다가 네가 얼마나 용감한지 신나서 얘기해 버렸어. 그날 이후에도 계속 레오를 돌보는 것도. 그 얘기를 듣고 혜나 완전히 감동 먹은 것 같더라. 너랑 친해지고 싶대. 그런데 자기는 부끄러워서 말을 못 하겠다고 나한테 널 소개해 달라는 거야. 조그마한 목소리로. 난 당연히 걱정하지 말라고 했지. 그래서 그날 바로 너에게 전화한 거야."

"……난 혜나가 날 엄청 싫어하는 줄 알았어."

"응? 왜 그런 생각을 했어?"

"혜나가 나한테서 널 뺏어 갈 계획이라고 생각했거든. 미안해. 너한테도, 혜나한테도."

"바보. 그래서 전화도 안 받고, 카톡도 씹고, 그렇게 화낸 거야?"

"응…… 그것도 그런데 더 큰 이유가 있었어."

"뭔가 또 있어?"

"……있지……그게……."

자존심이 내 입을 틀어막았다. 너무 부끄러워 어딘가로 숨고 싶었다. 하지만 지금 말 못 하면 영원히 못 할 거다. 움직여, 내 입술!

"사실 난…… 내가…… 불쌍해서 네가 친구해 줬다고 생각했어."

"뭐? 누가? 네가 불쌍해?"

송이의 눈이 동그래졌다.

"나는 전학해 와서 친구도 없고, 공부도 별로고. 그런데 넌 인기 많잖아. 예쁘고. 그런 애가 갑자기 나랑 단짝이 된 게 이상하다고 생각했어."

"왜 그런 생각을 해! 난 너랑 친해져서 얼마나 행복했는데."

행복했다는 소리가 고맙고 또 미안했다. 그리고 울컥했다.

"미……안……."

말이 이어지지 않았다. 아, 또 울기 싫은데…….

"아유, 우리 미안하다는 말 너무 많이 했다. 우리 이제 미안하다는 말 그만하자. 대신에……."

"?"

송이가 두 팔을 활짝 벌린다. 송이의 눈에도 눈물이 맺혀 있었다.

"나랑 친구 해 줘서 고마워, 효주야."

두 팔 벌린 송이의 모습이 눈부셨다.

몰랐다. 솔직함이 이렇게 멋있을 수 있다니.

"나도 네가 친구여서 다행이야."

우리는 서로 안았다. 화해는 이렇게 상대를 꽉 끌어안는 거다. 그때 레오가 우리 사이를 비집고 들어왔다. 마치 자기도 끼워 달라는 듯이. 우린 레오를 보고 웃었다. 눈을 감고 얼굴을 비비는 레오도 같이 웃는 것처럼 보이는 건 느낌 탓이겠지?

"냐아아옹."

새로운 친구, 새로운 가족

이제껏 혜나의 호감도를 확인한 적 없다. 송이를 뺏어 간 혜나가 날 좋아할 리 없다고 생각했기 때문이다. 지금은 다르다. 나는 심콩달콩 앱에 혜나의 이름을 입력해 보았다.

조혜나의 호감도는 47점입니다. 효주를 좋아해요.

송이의 말은 사실이었다. 혜나는 나와 친해지고 싶어 한다.

난 혼자만의 착각에 빠져 있었다.

다음 날 난 교실에 들어서자마자 혜나에게 다가갔다.

"혜나야, 너 레오라고 아니?"

"응? 으응."

혜나가 무척 놀란 듯 말을 더듬었다.

"우리 오늘 학교 끝나고 같이 레오 보러 갈까?"

"진……짜? 그래도…… 돼?"

"응! 송이랑 나랑 너랑 셋이서 같이 가자."

나는 최대한 환하게 웃으며 말했다. 나도 어제 송이처럼 눈부셨을까? 어제 송이의 웃음이 나를 일으켜 세워 준 것처럼 내 웃음도 혜나를 기운 나게 해 줬을까? 그러길 바란다.

이게 우리 찐친 3인방의 시작이었다. 친해지고 나서 알게 되었지만 혜나는 진짜 고양이 박사다.

"얘가 레오구나. 코가 정말 돼지코네. 음, 레오는 이그조틱 고양이에 가까운 것 같아. 이그조틱 고양이가 성격이 좋아 사람하고 잘 어울려. 근데 워낙 귀해서 길고양이는 드문데. 신기하네."

레오는 우리를 뻔히 쳐다보고만 있다.

"어? 저번엔 다가왔는데 오늘은 안 오네."

"내가 가서 안아 올까?"

"아냐, 그러면 안 돼. 고양이는 자주 안아 주면 오히려 싫어해. 아무 때나 안으려 하면 주인을 귀찮은 사람으로 여기고 피할 수 있거든. 지금도 처음 보는 사람이 와서 경계하는 걸 거야. 그러니 기다렸다가 레오 스스로 다가올 때 실컷 안아 줘도 돼. 아마 효주도 처음부터 억지로 안으려 했으면 레오는 도망갔을 거야."

짝짝짝.

고양이에 관해 말하는 혜나는 한마디도 더듬지 않았다. 술술 나오는 고양이 수업에 송이와 나는 입을 벌리고 손뼉을 쳤다.

"이거 봐. 혜나 진짜 똑똑하지?"

송이가 자랑스럽게 말했다.

"응, 진짜 깜놀. 혜나야, 나 레오에 관해 궁금한 것 있으면 계속 물어봐도 되지?"

"으, 응. 원래 내가…… 고덕이야."

"고덕이 뭐야?"

"고양이 덕……후."

"하하하, 그게 뭐야."

고양이 얘기만 나오면 딴사람이 되는 혜나는 생각보다 훨

씬 재밌는 친구였다. 송이, 혜나와 난 주말에 영화 보고, 밥 먹고, 코인 노래방도 다니는 사이가 되었다. 그리고 레오 언니들이 되었다. 고덕인 혜나 덕분에 레오를 더 잘 이해하게 되었다. 또, 수의사인 혜나의 엄마가 레오를 진찰해 주셨다. 혜나가 어지간히 조른 눈치였다.

"눈은 다행히 결막염이야. 헤르페스는 아니네. 그런데 영양실조 증상이 보이네. 몸에 여기저기 찢어진 상처도 있고. 치료

하긴 했지만 앞으로 잘 돌봐야지, 안 그러면 큰일 나겠어. 워낙 어리기도 하고."

이 이야기를 듣고 우리는 울상이 되었다. 송이가 말했다.

"얘들아, 우리가 레오를 위해서 꼭 해야 할 일이 있어. 자, 다들 할 수 있겠지?"

"그럼!"

"으, 응"

"하나, 둘, 셋, 파이팅!"

우리가 레오를 위해 할 일은 바로 '엄마 꼬시기'였다. 난 엄마 아빠에게 레오 덕분에 송이와 화해했고, 혜나라는 새로운 친구가 생겼다고 털어놓았다.

"엄마, 나 전학하고 많이 힘들었잖아. 그런데 지금은 너무 행복해. 엄마가 나 행복한 게 가장 큰 효도라고 했잖아. 그런데 이게 다 레오 때문이야."

"휴, 그래. 내가 졌다."

"응? 졌다니?"

"레오 우리 집에 데려오자."

"엄마, 진짜?"

"네가 전학 와서 얼마나 힘들었는지 사실 엄마가 잘 몰랐어.

네가 평소에 워낙 말을 안 하니. 그런데 지금은 정말 안심이야. 새로운 친구도 생기고. 전부 다 레오 덕분인 거지? 이렇게 고마운 아이인데. 데리고 와야지."

"엄마 진짜 최고! 아, 그런데 고양이 털 알레르기는?"

"다 나았어. 걱정 마."

"뭐? 어떻게 다 나아? 그게 낫는 거였어?"

"입! 더 묻지 마."

알레르기의 비밀은 나중에 아빠에게 들었다.

"알레르기? 엄마 알레르기 없어."

"그럼 거짓말한 거야?"

"쉿! 괜한 말로 엄마 결심 흔들리게 하지 말고 입조심!"

거짓말이 가장 나쁘다던 울 엄마는 거짓말쟁이…… 그게 아니라 훌륭한 연기자였다. 그렇게 레오는 우리 집 식구가 되었다. 먹이 주기, 씻기기는 내가 전담한다는 약속은 문제가 안 됐다. 다만 수학 시험 무조건 80점 이상이라는 약속은 두고두고 문제가 될 것 같다.

너 정말 멋있어졌어

나는 키보드에 다시 손을 올렸다.

한송으

여기까지 입력하다가 멈췄다. 잠시 고민하던 나는 지우기를 눌렀다. 송이의 이름이 지워졌다.

"레오야, 산책 가자."

"냐아아옹."

레오는 오랜만에 산책에 반가운 듯 대답한다. 엄마 아빠는

레오를 집고양이로 기르기로 했지만, 오늘 산책은 꼭 레오와 함께여야 한다. 난 길을 나섰다. 목적지는 없다. 그냥 걷기만 해도 만날 테니까.

해가 뉘엿뉘엿 지고 있었다. 거리에는 초여름의 공기가 가득하다. 가로수 나뭇잎이 짙은 초록색으로 변해 가고 있었다. 새가 지저귀는 소리, 아이들이 떠드는 소리를 기분 좋게 들으며 걷다 보니 자연스레 레오와 처음 만난 난향 근린공원에 도착해 있었다.

"냐옹, 냐아옹."

내 품에 안긴 레오가 꿈틀대더니 빠져나가 갑자기 어딘가를 향해 달렸다.

"레오야, 어디가? 레오야?"

레오와 나의 아지트였던 덤불로 향하는 것 같았다. 혹시 레오가 길고양이로 돌아가려는 건가? 겁이 덜컥 나 레오를 뒤따라 달렸다.

"레오야, 이게 얼마 만이야. 하하, 간지러워, 레오야."

덤불 너머에서 익숙한 목소리가 들렸다. 그 목소리를 따라가니 한 남자가 레오를 안고 있었다. 엄청나게 큰 키에 삐쭉 솟은 머리, 반달 모양 눈으로 웃는 눈, 보라색 리본이 달린 멋진 셔

츠를 입은 20대 청년이었다. 그 사람의 오른쪽 귀에 금귀고리가 반짝였다.

"냐아옹."

"그랬어? 진짜?"

그 사람과 레오는 정말 즐거운 대화를 나누는 듯 보였다. 나는 오랜만에 만난 친구들을 위해 잠시 기다려 주었다. 시계를 확인하니 정확히 5시였다. 한참 뒤 내가 먼저 말을 걸었다.

"진이 오빠 맞죠? 아니 이제 진이 아저씨라고 해야 하나?"

나는 심콩달콩 앱이 신비한 프로그램이듯 진이 오빠도 평범한 사람이 아닐 거라고 예상했다.

"와, 효주 대단한데? 어떻게 알았어?"

"왜냐하면 지금 5시거든요. 진이 오빠는 약속을 어길 사람이 아니니까. 그리고 이거."

난 오른쪽 귀를 가리켰다.

"하하하, 대단해. 내 귀걸이를 기억하다니. 그리고 이렇게 놀라지도 않다니. 레오가 사람을 잘 골랐어."

"그럼요. 제가 약속 지키려고 얼마나 노력했는지 아세요?"

"응, 다 들었어, 레오한테. 정말 고생했다, 우리 효주."

진이 오빠는 커다란 손으로 내 머리를 쓰다듬어 주었다. 그

손은 너무 따뜻했다. 눈물이 핑 돌 만큼.

"진이 오빠랑 레오 진짜 친구였네요."

"그럼. 한때는 내가 레오의 단짝이었지."

"언제요?"

"한 500년 전쯤?"

"피, 레오 완전 아기인데 무슨 소리예요."

"진짜인데. 그때 레오 지금보다 더 보드라웠는데. 그리고 진짜 날쌨지. 이제 내 단짝을 뺏긴 거 같아 슬퍼."

"하하, 오빠도 바보다. 그건 슬퍼할 일이 아니에요. 오히려 기뻐할 일이지."

"응? 왜?"

"단짝을 뺏긴 게 아니라 새로운 친구가 하나 더 생긴 거니까요."

"아, 진짜 그렇네. 하하하, 그 말을 들으니 효주 소원이 완전히 이뤄졌구나."

"네, 모두 진이 오빠 덕분이에요."

나는 힘차게 고개를 끄덕였다.

"심콩달콩 앱은 도움이 됐어?"

"네? 어…… 그게……."

"요즘 지니 스토어에서 특별 이벤트를 한단다. 심콩달콩 1년 이용권을 행사 중이야. 어때 생각 있니?"

"음…… 사실 이제 더는 필요 없어요."

"왜? 작동이 잘 안 됐어?"

"아니요. 성능은 확실했어요. 깜짝 놀랄 정도로요. 그런데 제가 오늘 송이의 호감도를 확인하려다 송이 이름을 지워 버렸어요. 왜냐하면…… 이미 알고 있거든요. 송이가 날 좋아한다는 걸. 그리고 앞으로도 필요 없을 것 같아요. 앱보다 더 좋은 방법을 찾았어요."

"그게 뭔데?"

"있잖아요. 고맙다, 미안하다 이런 말을 거리낌 없이 할 줄 아는 애, 생각보다 없어요. 당연히 말을 해야 할 순간에도 입이 안 떨어져요. 제가 그랬어요. 그런 말은 자존심 상했거든요. 저는 미안하다는 말 대신 심콩달콩 앱으로 문제를 해결하려 했어요. 그러다 보니 오히려 문제가 꼬여 버리더라고요. 성적, 외모, 질투 다 소용없었어요. 그냥 처음부터 있는 그대로 말하면 되는 거였어요. 미안하다고 사과하면 되는 건데. 난 사과하면, 내 잘못을 인정하면 더 싸우게 될 줄 알았어요. 자존심을 꺾으면 엄마도, 친구도 날 더 우습게 볼 줄 알았어요. 그런데 그게 아니었어요."

어떻게 말해야 할지 정리가 잘 안 됐다. 그러다가 갑자기 무슨 말을 할지 떠올랐다. 난 진이 오빠의 눈을 똑바로 바라보며 말했다.

"그러니까 그냥 서로 솔직하면 되는 거였어요!"

진이 오빠는 처음 만난 그때처럼 나의 눈을 정면에서 바라봐 주었고, 내 말을 진지하게 들어 주었다.

"솔직한 상품 후기 고마워. 그럼 이번 제품은 실패인가? 에이, 엄청난 히트 상품이 될 줄 알았는데. 어쩔 수 없지. 너랑 레오가 행복해진 것에 만족해야지. 그렇지, 레오야?"

"냐아아옹."

레오가 고개를 끄덕였다. 비유가 아니라 진짜 끄덕였다. 그런데 그 모습이 하나도 이상하지 않고 오히려 자연스럽게 느껴졌다.

"좋아. 효주의 스마트폰 속 심콩달콩 앱은 자동으로 지워질 거야."

진이 오빠는 팔을 들고 오른손 둘째 손가락으로 두 번 원을 그렸다.

"이제 헤어질 시간이네. 효주야, 내 친구 레오가 아까 나한테 뭐라고 한 줄 아니?"

"뭐라고 했는데요?"

"네가 세상에서 제일 좋대, 진심으로. 그러니 내 친구 레오 잘 부탁해."

진이 오빠는 레오의 코에 입을 맞췄다.

"내 오랜 친구 레오야, 이제 안녕. 다음에 또 만나자."

진이 오빠는 레오를 내게 안겨 주었다. 레오가 슬퍼 보였다.

"효주야, 너도 잘 지내."

"네, 진이 오빠도요. 그런데 우리 또 만날 수 있을까요?"

"음, 원래는 안 되지. 하지만……."

진이 오빠는 잠시 생각하다 오른쪽 눈을 윙크하며 말했다.

"하지만 넌 내 새로 생긴 친구잖아? 내 친구 레오가 가장 사랑하는 언니인데. 네가 또 괴로울 때면 내가 찾아갈게. 그럼 이제 계약 종료!"

진이 오빠가 손을 내밀었다. 나는 그 손을 힘껏 잡았다.

"오빠, 정말 고마웠어요."

진이 오빠는 내 손을 놓고 반대쪽으로 걸어간다. 난 진이 오빠의 등을 보며 손을 흔들었다. 레오도 꼼짝하지 않고 진이를 쳐다봤다.

멀어져가던 진이 오빠가 갑자기 뒤를 돌아 나를 바라봤다.

"아, 맞다. 효주야 마지막으로 해 줄 말이 있어!"

"뭔데요?"

"너 진짜 멋있어졌어. 정말로!"

나와 레오는 멀어져가는 진이 오빠의 뒷모습이 사라질 때까지 지켜보았다.

끝

부록

친구에게 내 마음 잘 전달하기

1. 소중한 친구란?
2. 어떤 친구와 가깝게 지내고 싶나요?
3. 친구에게 속상했던 경험 떠올리기
4. 내가 친구를 속상하게 한 경험 떠올리기
5. 마음을 읽어요
6. 내 마음을 전해요
7. 친구야, 너는 이런 점이 참 좋아
8. 친구와 할 수 있는 다양한 일 떠올리기

1. 소중한 친구란?

나에게 소중한 친구를 떠올려 보세요.
그리고 그 친구가 왜 나에게 소중한지 까닭을 생각하고 아래를 적어 주세요.

내가 생각하는 소중한 친구는 어떤 친구일까요?

예) 내 소중한 친구는 ○○○이다.
왜냐하면 ○○○은(는) 아침마다 나에게 반갑게 인사해 주기 때문이다.

예) 내 소중한 친구는 급식이다.
왜냐하면 급식을 먹으면 나는 힘이 나기 때문이다.

예) 내 소중한 친구는 이불이다.
왜냐하면 이불은 나를 따뜻하게 해 주기 때문이다.

♥ 소중한 친구는 ______________ 이다.

왜냐하면 ____(이)기 때문이다.

♥ 소중한 친구는 ______________ 이다.

왜냐하면 ____(이)기 때문이다.

♥ 소중한 친구는 ______________ 이다.

왜냐하면 ____(이)기 때문이다.

♥ 소중한 친구는 ______________ 이다.

왜냐하면 ____(이)기 때문이다.

2. 어떤 친구와 가깝게 지내고 싶나요?

친구 중 닮고 싶은 친구는 누구인가요?

친구의 어떤 점을 닮고 싶은가요?

친구 중 닮고 싶은 친구는 누구인가요?

친구의 어떤 점을 닮고 싶은가요?

친구 중 닮고 싶은 친구는 누구인가요?

친구의 어떤 점을 닮고 싶은가요?

친구 중 닮고 싶은 친구는 누구인가요?

친구의 어떤 점을 닮고 싶은가요?

3. 친구에게 속상했던 경험 떠올리기

1 친구가 나를 속상하게 했던 경험을 적어 봅시다.

2 친구가 그때 어떻게 해 주길 바랐는지 적어 봅시다.

4. 내가 친구를 속상하게 한 경험 떠올리기

1 내가 친구를 속상하게 한 경험을 적어 봅시다.

2 내가 어떤 말과 행동을 했더라면 친구의 마음을 아프게 하지 않았을까요?

5. 마음을 읽어요

1 친구의 마음을 읽는 방법

"효주야, 너 어제 왜 나에게 말도 안 하고 전화를 끊었어? 다시 전화해도 안 받고."

1 친구의 생각, 느낌 찾기: 속상했구나, 화가 많이 났구나.

2 이유: 어제 내가 말도 하지 않고 전화를 끊어서

3 마음 읽어 주기: 어제 너에게 말도 안 하고 전화를 끊어서 속상하고 화났구나.

2 친구의 마음을 읽어 보세요.

상황1 내가 다른 친구와 친하게 지내는 모습을 본 친구의 표정이 안 좋다.

1 친구의 생각, 느낌 찾기:

2 이유:

3 마음 읽어 주기:

상황2 나 때문에 친구가 마음 상했던 일을 적어 주세요.

1 친구의 생각, 느낌 찾기:

2 이유:

3 마음 읽어 주기:

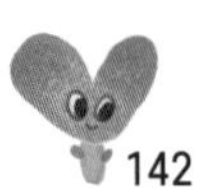

상황3 내 마음이 상했던 일을 적어 주세요.

1 내 생각, 느낌 찾기:

2 이유:

3 내 마음 읽어 보기:

6. 내 마음을 전해요

1 친구가 내가 싫어하는 행동을 했을 때 나는 어떻게 했나요?

친구의 싫은 행동	
내 마음(감정)	
내가 했던 행동	
그 결과는?	

2 나 전달법 배우기

친구의 마음을 상하게 하지 않으면서 내 속상한 마음을 전달하는 방법이 '나 전달법'입니다. '너는 ○○○이 아니라, 나는 ○○○해서 속상해.'의 방식으로 말해 보세요.

친구의 싫은 행동	공부 시간에 옆에서 친구가 계속 장난을 건다.
싫은 이유	시끄럽고, 신경 쓰여서 수업에 집중할 수가 없다. 나까지 선생님에게 혼날 것 같다.
내 감정	불안하다, 속상하다.
'나 전달법'으로 내 마음 전달하기	공부 시간에 계속 장난치니까 나는 집중하기가 힘들어.(○) 공부 시간에 계속 장난치니까 넌 너무 짜증나(×)

3 나 전달법 연습하기

평소 나를 속상하게 한 친구의 행동을 적어 보고 '나 전달법'으로 표현해 봅시다.

친구의 싫은 행동	
싫은 이유	
내 감정	
'나 전달법'으로 내 마음 전달하기	

친구의 싫은 행동	
싫은 이유	
내 감정	
'나 전달법'으로 내 마음 전달하기	

친구의 싫은 행동	
싫은 이유	
내 감정	
'나 전달법'으로 내 마음 전달하기	

친구의 싫은 행동	
싫은 이유	
내 감정	
'나 전달법'으로 내 마음 전달하기	

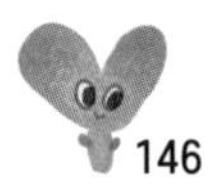

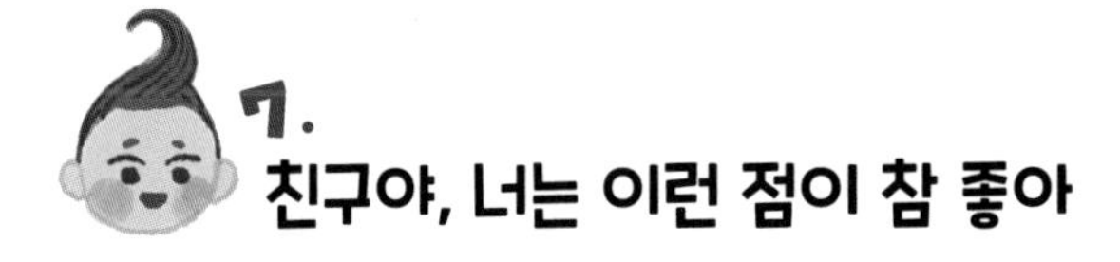

7. 친구야, 너는 이런 점이 참 좋아

나를 속상하게 한 친구이지만 분명히 그 친구도 좋은 점이 있을 거예요. 친구의 좋은 점을 찾아 칭찬해 봅시다.

○○○ 너의 이런 점이 참 좋아!

8. 친구와 할 수 있는 다양한 일 떠올리기

1 방과 후 또는 주말에 친구와 할 수 있는 다양한 일을 떠올리고 적어 봅시다.

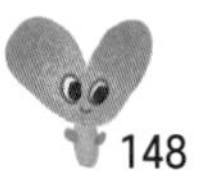